講談社文庫

# 髪追い

## 古道具屋　皆塵堂

輪渡颯介

講談社

# 目次

# 古道具屋 皆塵堂

# 髪追い

## 登場人物

**茂蔵（しげぞう）**

小間物屋大黒屋で真面目に働くようになったが、遊び人時代の気分が抜けきれない。

**巳之助（みのすけ）**

茂蔵の兄貴分。棒手振りの魚屋。顔に似合わず、無類の猫好き。

**太一郎**（たいちろう）

浅草の道具屋銀杏屋（いちょうや）の主（あるじ）。幽霊が見える。

**清左衛門**（せいざえもん）

皆塵堂の家主で、材木問屋鳴海屋（なるみや）のご隠居。

**鮪助**（しびすけ）

皆塵堂に居着いている猫。貫禄（かんろく）十分。

**峰吉**（みねきち）

皆塵堂の小僧。器用で客あしらいが上手。

イラスト：山本（Shige）重也

**徳五郎**（とくごろう）

履物（はきもの）問屋備前屋（びぜんや）の今の主。

**伊平次**（いへいじ）

深川（ふかがわ）の古道具屋皆塵堂の主。曰（いわ）く品（ひん）ばかり集めてくる。大の釣り好き。

# 髪追い

古道具屋　皆塵堂(かいじんどう)

# 朽ち祠（ほこら）

# 一

「やっぱり酒は美味いねぇ」

おぼつかない足取りで茂蔵は歩いている。場所は江戸の外れ、向島にある小梅村の辺り。田んぼの中の道だ。

以前よく一緒に遊び歩いていた仲間たちに誘われ、花見に出かけた帰りである。隅田川沿いに咲く桜を見ながら酒を啜り、料理に舌鼓を打ってきた。

「てめえで払おうが、御相伴にあずかろうが、酒の味に変わりはないな。うん、本当に美味かった」

袋物問屋の跡取り息子というのが仲間の中にいたので、かかったお代はすべてそいつに持たせたのだ。お蔭で自分の懐具合を気にすることなく、心行くまで飲み食いすることができた。

「たまにはね、こうして酒を飲むのも悪くない。毎日ただ黙々と働いているばかりじゃかなわねぇからな。どこかで息抜きするのも人生にとっては大事なことよ」

茂蔵は日本橋の長谷川町にある大黒屋という小間物屋で、住み込みで働いている。

「うん、人生には息抜きも大事。まったくその通りだ。俺もいいことを言うねぇ。さすがだぜ」

仲間たちはまだ花見を続けている。その後で、どこか岡場所にでもしけこむつもりらしい。しかし茂蔵は明日も仕事があるし、おっかない「兄貴分」から女遊びを禁じられてもいるので、一人だけ先に花見を抜けてきた。それで、日暮れ時の田んぼの中をこうして独り言を口にしながら歩いているのである。

茂蔵はかつて、「遊び人の茂蔵」と呼ばれて周囲から恐れられ……いや、笑われていた鼻つまみ者だった。女の尻を追いかけたり賭場に顔を出したりと、碌に仕事もせずにぶらぶらと遊び回っていた。それがある時、巳之助という棒手振りの魚屋と出会い、この男にぶん殴られたことで目が覚め、まっとうな道へと歩き出したのである。

生来の軽薄な調子の良さに変わりはないし、今でも遊び人の顔がたまに覗くこともあるが、それはともかく、以来、巳之助のことを兄貴分として慕っている。

「あれ、遠回りになっちまったなぁ」

向島の隅田川沿いで花見をしていたのだから、長谷川町に帰るならそのまま川に沿って歩き、大川橋を渡って浅草に出るのが近い。あるいは、もう少し先まで行って両国橋を渡る、という手もある。いずれにしろ流れに沿って歩けばいいのに、なぜか茂蔵は、気がつくと川から離れてしまっていた。

「ううむ、これは俺の足が巳之助さんを避けているのかもしれねぇな」

仲間内の花見に顔を出すことは、もちろん大黒屋の主の益治郎に許しを得ている。この男は博奕と女遊びには厳しいが、酒についてはさほどうるさく言わず、たまに外に飲みに出してくれる。茂蔵のやる気を保たせるために、様子を見ながら手綱を締めたり緩めたりしているようだ。人使いのうまい男なのである。

巳之助の方も、自身が飲兵衛であるせいか、茂蔵が酒を飲むこと自体は認めている。しかしそれはあくまでも仕事が終わってからの話だ。もし昼間から飲んでいたのがばれたら、「ようやく人並みに働き始めたばかりの半端者のくせに何様のつもりだぁ」とどやされるに違いない。

「さすがに今は、巳之助さんと顔を合わせるのはまずいよなぁ……」

益治郎の許しは得ているから、などと言っても巳之助は聞く耳を持たないだろう。五、六発は殴られる。いや、一、二発で十分か。それだけで茂蔵は伸びてしまう。巳之助は人間離れした力持ちなのだ。五、六発も殴られたら、多分死ぬ。

「……だから知らず知らずのうちに川から離れたんだな。さすがは俺の足だ」

巳之助が住んでいる長屋は浅草阿部川町にある。大川橋を渡るとそこは浅草だから、うっかり出くわすかもしれない。

それなら両国橋を渡るか。いや、大川橋よりはましだが安心はできない。もっと浅草から離れた方がいい。

「そうなると新大橋まで行くことになるが……」

ここは小梅村の辺りだから、このまま南に向かって、竪川に出たらまた隅田川の方へ戻ればいいかな……などと考えながら茂蔵は辺りを見回した。

「おや」

少し離れた場所にある木立の塊に目を止めた。田んぼの中にあるので、百姓家を囲っている木々かと思っていた。しかし違うようだ。木々の隙間から祠のようなものが見えたのである。その他に建物はなさそうだった。

「何だろうな……」

よく分からないが、せっかく来たのだからついでに見物していくか、と茂蔵はその祠へと足を向けた。

祠を囲っている木々は、南に面した側だけは生えていなかった。祠の周りにも木はなく、枯れた草が地面を覆っている。社や祠が木々で囲まれているのは珍しいことではないが、それにしても土地が広すぎると感じた。初めに思ったように、祠ではなくて百姓家が建っていた方がしっくりくる。

「あるいは料理屋とか、大店の寮とか……」

茂蔵は開けた南側の景色に目をやりながら呟いた。なかなかの眺めだ。寮とは別荘のことであるが、その類のものが建っていてもおかしくない。しかしここには、ぽつりと祠があるだけだ。

不思議に思いながら祠へと目を移した。決して大きなものではない。土台を含めても、高さは茂蔵の背より少し低いくらいだ。年季が入っているように見えるが、作りはしっかりしているようだった。

茂蔵は少し腰を屈めた。観音開きの戸が付いている。これが格子戸だったら内側が見えるのだが、残念ながらがっしりとした板で作られていた。

「こういうのって、中を覗きたくなるよな」

顔を上げて辺りを見回した。人の姿はない。茂蔵は祠に目を戻し、腕を伸ばしてそっと戸を開いた。

「へえ……」

たいていこの手のものの中には、神像や仏像、鏡や刀、石といった御神体と、酒や水、榊（さかき）などを供えるための器があると思っていた。

しかしこの祠は違った。中にあったのは箱だった。

縦は一尺二寸くらい。横幅は九寸ほどか。高さは三寸といったあたりだ。漆塗（うるしぬ）りではあるが、特に蒔絵（まきえ）で何かが描かれているということはない。物は良さそうだが地味な箱だ。

「う、浦島太郎……」

紐（ひも）で結んであったので玉手箱が頭に浮かび、思わずそう呟いた。だが、もちろん違うだろう。文箱として作られた物のようだ。

祠の中身はそれだけだ。そうなると、御神体はこの中に収められているのだろうか。

茂蔵は箱に両手を伸ばした。紐をほどき、左右から挟むようにして蓋（ふた）をゆっくりと上げる。

「あれれ」

開かない。箱全体が持ち上がっただけだった。

「随分と固い蓋だね、おい」

それなら、と箱を持ったまま少し後ろに下がった。やけに軽い。空っぽかもしれないな、と思いながら枯草の上に置く。

茂蔵は箱の前で片膝をついた。もう片方の足を箱の脇に添える。動かないようにするためだ。そうしておいて、箱の片側を持ち上げた。

斜めにしても箱の中で音は立たなかった。やはり空か、と思いながら箱と蓋の隙間に無理やり指先を突っ込んだ。力を入れると、パリッ、と小さな音がした。

壊してしまったか、と少し焦ったが、箱のどこかが割れたわけではなさそうだった。見た目には変わった様子がない。

どうやら膠のようなもので蓋をくっつけていたようだ。それが剝がれた音だろう。茂蔵は箱の残りの三辺も同じようにして、パリッ、パリッと剝がしていった。

蓋が動く。開きそうだ。

「さて、何が入っているのかな」

本当に煙が出てきたら嫌だな、と思いながら、再び蓋を両手で挟むようにして持ち上げた。

「うわっ」

中身を見た茂蔵は叫び声を上げて後ろに飛びすさり、尻餅（しりもち）をついた。

箱の中に入っていたのは髪の毛の束だった。二つ折りになっているから長さは二尺くらいあるだろう。ほとんど隙間がなく詰まっているので結構な量だ。女の髪に違いない。

「ああ、気味が悪い。こんなもの開けるんじゃなかったぜ」

さっさと元に戻そう、と辺りをきょろきょろと見回した。びっくりした拍子に思わず蓋を放り投げてしまったのだ。

幸い、すぐ近くに落ちていた。茂蔵は立ち上がって蓋を拾った。それから箱の方へ目を戻したところで、また「うわっ」と叫んで尻餅をついた。

髪の毛がもそもそと動いていた。それが溢（あふ）れるように箱から出て、茂蔵の方に向かって伸びてくる。

「うわっ、ちょっと、うおっ」

尻を擦（す）るようにして後ずさりする。しかし髪の動きはそれより速い。

毛先が足のそばまで来た。茂蔵は思わず目を閉じた。

髪の毛が足首に絡みつくのを感じた。その刹那(せつな)、辺り一帯に、バキッ、という音が響き渡った。

先ほど蓋を剝がす時に耳にした音よりはるかに大きかった。また、それと同時に足首にあった髪の毛の感触が消えた。

恐る恐る目を開ける。するすると髪の毛が箱の中に戻っていくのが見えた。

茂蔵は素早く立ち上がって箱に近づき、勢いよく蓋を閉めた。祠に箱を戻し、再び紐で固く結ぶ。そして祠の戸を閉めると、その場から脱兎(だっと)のごとく逃げ出した。

## 二

「昨日のあれは何だったんだろうなぁ……」

裏店の井戸で顔を洗い、大黒屋に戻ってきた茂蔵は首を傾げた。一晩過ぎてから考えると、まるで夢でも見たんじゃないかと思えてくる。

店先を見ると、店主の益治郎が通りを掃除していた。まだ朝の六つを過ぎたばかりだというのに、もう動き始めている。

「さすが益治郎さんは働き者だねぇ」

茂蔵は、この雇い主のことを「旦那様」とは呼ばない。さほど年が離れているわけでもないから、と益治郎の方でそう決めたのである。もしかしたら遊び人の茂蔵のような者に旦那様などと言われたくない、という思いがあるのかもしれないが、ともかくこのように「益治郎さん」と呼ぶようにしている。

ちなみに益治郎の年は二十八である。茂蔵は二十二だ。どちらも若い。

「……俺も昨日は仕事を休んじまったし、今日は真面目にやらないとな」

まずは腹ごしらえからだが、それより先に……と茂蔵は帳場に入り、隅に置かれている台の前に座った。

この台には二つの物が載せられている。一つは大黒様の置物だ。これは元々、益治郎の生家にあった物で、この店の屋号の由来になっている。

そしてもう一つは、高さ六、七寸ほどの木彫りの観音像である。こちらは茂蔵が子供の頃に、近所に住んでいた爺さんからもらった物だ。後に知ったが、その爺さんは名人と言われる彫物大工だったらしい。

茂蔵も益治郎も、朝起きてまず一番にするのは、この二つに手を合わせ、頭を下げることだった。

「ええ、本日もよろしくお願いいたしますよ。何かありましてもお手柔らかに」

以前は、この二つは同じ帳場に吊ってある神棚の上に置かれていた。しかしそれでは困ったことがあった。茂蔵か益治郎、あるいは大黒屋に何か悪いことが起こりそうな時に、棚から落ちるのだ。しかもたいてい、茂蔵の頭の上に落ちてきた。それで今では床の上にこうして台を作り、その上に載せるようになったのである。

「さて、と。次は朝飯を食わなけりゃな」

頭を下げ終えた茂蔵は、立ち上がりながら改めて台の上に目をやった。途端に、「うおっ」と声を上げた。

「どうかしたかい」

思っていたより大きな声だったらしく、益治郎が店先から声をかけてきた。

「いや……こ、これが……」

茂蔵は台の上を指差した。

「『これ』とか『あれ』とか言われても分からん。年寄りじゃあるまいし、ちゃんと喋ってくれ。いったい何がどうしたって言うんだい」

益治郎が店の中に入り、そのまま帳場へと上がってきた。そして台の上を見て「うおっ」と茂蔵と同じような声を出した。

「こ、これは……」

「今見たら、こうなっていたんですよ」

観音像にひびが入っていたのである。

「いったいどうしてこんな……」

大黒屋には猫が二匹いるが、店や帳場で遊ぶことはしない。だから、猫の仕業ではない。

「ううむ……ああ、多分、あれだな」

「益治郎さん、『これ』とか『あれ』とか言われても困りますぜ」

「ああ、そうか。いや、どうしてこうなったのかは分からないけどな。いつこうなったのか、については心当たりがあるんだよ。昨日の夕方、店にいたら大きな音が響き渡ったんだ。なんか、木が割れるような音でね。ただし、どこで鳴ったのかは分からなかった。家の柱や床板、あるいは店の品物などに何かあったんじゃないかと思って調べ回ったんだが、どこも何ともなかった。それで首を傾げていたんだが、どうやらこの観音像にひびが入った時の音らしいな」

「へえ……夕方、ですか」

その頃に自分も、バキッ、という大きな音を聞いている。箱の中から髪の毛が伸びてきて、足首に絡みついた時だ。その後、髪の毛は箱へと戻っていった。もしかしたらこの観音様が助けてくれたのかもしれない。そう思いながら茂蔵はそっと像に手を伸ばした。

「ああっ」

持ち上げると、観音像の下の方がころんと台に転がった。真っ二つに割れてしまったのだ。

「……益治郎さん、昨日に続いてのことで申しわけないが、ちょっと出かけてもいいですかい。気になることがあるもので」

「ううむ、今日は橘屋(たちばなや)に行かなきゃならないから……」

橘屋というのは昔、益治郎が働いていた小間物問屋である。この大黒屋の品物はそこから仕入れている。

大黒屋にいるのは益治郎と茂蔵だけだ。益治郎が用事で出かけている間は、茂蔵が店番をしなければならない。

「……まあ、その後なら構わないよ。昼は過ぎるだろうけど」

益治郎はそう言って頷(うなず)いた後で、「悪いことが起きなきゃいいけどな」と呟いて顔をしかめた。

昼の八つ頃、茂蔵は再び小梅村にある例の祠を訪れた。

少し離れた所から祠を見た茂蔵は、妙だ、と首を傾げた。戸がわずかに開いていたのだ。その場に止まり、昨日のことを思い返してみる。

髪の毛が箱に戻ったのを見て、慌てて蓋を閉めた。そして祠に戻し、紐で固く結んだ。それから、あの祠の戸を……間違いなく閉めた。慌ててはいたが、また髪の毛が襲ってきたらまずい、と思っていたから、中途半端に開けておくようなことはしない。

「まさかあの髪の毛が、自分であの戸を動かしたとか……」

だったら怖い。しかしここまで来たのだから確かめなければならない。茂蔵は恐る恐る祠に近づいていった。

戸の隙間から中を覗き込む。箱は見えない。

いったん祠から離れ、周りにある木立に近づいた。そして低い所にある枝を折り、再び祠の前に戻った。

腕を精一杯伸ばし、枝を使って戸を開ける。

「……消えた」

祠の中にあの箱はなかった。がらんどうである。

これはどういうわけだ……と呆然としていると、「おい」という低い男の声が背後から聞こえた。

茂蔵は肝を潰しながら振り返った。そして声をかけてきた男を見て、さらに肝を潰した。見上げるような大男だったのだ。顔も怖い。とても人間とは思えない風貌だ。熊か、あるいは鬼か、いや、これは……、

「み、みみみ」

「耳がどうかしたか」

「みみみ……巳之助さん。どうしてこんな所に」

茂蔵の兄貴分、棒手振りの魚屋の巳之助だった。年は多分、茂蔵より一つか二つ上なだけだが、やけに貫禄がある。この男の場合、何歳だとかは考えない方がよい。地獄の鬼の年齢を気にしないのと同じだ。

「どこにいようと俺の勝手だろうが」

「それは、まあ、おっしゃる通りで。しかし、その……まだ昼間だから魚を売り歩いているはずなのに、と思ったもので」

「仕事なんか昼前に終わらせちまったよ」

そうだった。巳之助は朝早くに魚河岸へ行って魚を仕入れ、それをすべて売り払ったらその日の仕事を終えてしまうのである。女房子供を養っている魚屋なら、それからまた魚河岸に戻って再び魚を仕入れたりするが、巳之助は独り者だからそれで十分なのだ。

その後で巳之助が何をするのかというと、猫を眺めるためにあちこちをふらふらと歩くのである。この男は顔に似合わず、無類の猫好きなのだ。自身が住んでいる浅草阿部川町の長屋でも猫を飼っているのに、それだけでは飽き足らないらしい。

「……ということは、巳之助さんはここへ、野良猫か何かを見に来たんですかい」

「それなら俺も嬉しいが、残念ながら違う。気になることがある、とあいつが言うから、付き合ってやったんだ」

巳之助は後ろを振り向いた。茂蔵もそちらへ目をやる。もう一人の男がこの祠へと近づいてくる姿が目に入った。いかにもどこかの店の若旦那、といった風体の男だ。落ち着きなく目を左右にきょろきょろと動かしてはいるが、少なくとも化け物のような巳之助と違い、ちゃんとした人間である。

「あっ、太一郎さん」

「誰かと思ったら茂蔵か。久しぶりだな」

「へい、ご無沙汰しております」

茂蔵は丁寧に腰を折った。

「おいおい、巳之助が相手ならともかく、俺にまでそんな風に畏まることはないよ」

「いや、しかし太一郎さんと巳之助さんは兄弟分なわけですから……」

「ただの幼馴染だっ」

太一郎は、巳之助と同じ長屋の表店にある、銀杏屋という道具屋の主である。

「ううむ、どうやらこの辺りに猫はいないみたいだな」

太一郎は安心したように、ほっ、と息を吐いた。どうやらそれで、きょろきょろと見回していたらしい。この男は巳之助とは反対に、猫が苦手なのだ。しかしそれでいてなぜかやたらと猫に好かれるという不思議な男である。

「太一郎さん。今、巳之助さんから聞いたんですが、何か気になることがあるとか」

「ああ。昨日の夕方頃にさ、こっちの方から凄まじく嫌な気配がしたんだよ。阿部川町の自分の店にいたんだが、そこからでもはっきりと分かるくらいの気配だった」

「ああ、そうか。太一郎さんはその手のものが分かる人でしたね」

幽霊の類の話である。姿を見たり声を聞いたりするのはもちろん、場合によってはそいつが抱えている恨みつらみ、さらには幽霊になってしまった経緯までも分かってしまうという。太一郎は見た目こそ巳之助と違ってまともだが、中身はやはり人間離れしているのだ。

「それで巳之助に付き合ってもらってここまで来たんだが、こんな場所に祠があるなんてこれまで気がつかなかった。多分これ、何かを祀るためではなく、封じ込めるために作られたものだよ。だからこれまでは感じ取れなかったんだ。ところが、どういうわけか戸が開いてしまった。それで中に封じ込められていたものが出てきたんだな。それが昨日の夕方というわけだ」

「さ、左様でございますか」

茂蔵は首を竦めた。戸を開けたのはあっしです、などとは口が裂けても言えない。間違いなく巳之助に殴られる。

「しかし今は、ここでは何も感じない。あの女はどこか別の所へ行ったようだ」

「はあ……なるほど」

自分はあの髪の毛を見ているから、封じられていたのは女の幽霊だろうと見当がつく。しかし太一郎は離れた場所にいたのに、女だと言い切っている。

この人はどこまで分かっているのだろうか。茂蔵はもう少し詳しく知りたかったが、太一郎はぷいと祠に背を向けてしまった。難しい顔をしながら南の空を眺めている。とても何か訊ける雰囲気ではない。

「さて、こちらの話は終わった。次はそっちの番だぜ」

巳之助が口を開いた。少し不審がっているのが口調から分かる。

「おい茂蔵。お前こそどうしてこんな所にいるんだ」

「えっ、いや、その、なんででしょうねぇ」

まずい。正直に喋ったら殴られる。茂蔵はもごもごと言葉を濁した。

「まさかお前、大黒屋の仕事が嫌になって、逃げてきたんじゃないだろうな」

「め、滅相もない。あっしはちゃんと真面目にやってますって」

「だったら昼間の今時分に、ここにいるのはおかしい」

「そこはちゃんと益治郎さんに許しを得て……」

「なるほど。益治郎さんは事情を知っているのか。それならお前が話さなくても、益治郎さんに訊けばいいんだな」

「ううっ」

益治郎は、自分がこの祠の戸を開けてしまったことまでは知らない。しかし昨日、仕事を休んで花見に行ったことはもちろん知っているわけで、それを耳にしただけでも巳之助は自分を殴るに違いない。

結局、痛い目に遭うのは避けられない。それならば、花見のことは今ここで話した方がよさそうである。しかし戸を開けたことはさすがに隠さねばなるまい。そのあたりのことをうまく誤魔化しながら……。

「ええと、じ、実はですね……」

「ああ、ちょっと待った」

必死に頭を捻りながら慎重に喋り始めた茂蔵を、太一郎が止めた。

「こんな所で立ち話もなんだから、皆塵堂に移って、そこで聞くことにしよう」

「は、はあ……皆塵堂ですか」

深川の亀久橋の近くにある古道具屋だ。太一郎はかつてその店で働いていたことがある。幼馴染である巳之助も、よく顔を覗かせていたという。

そして時期は違うが、益治郎もやはり皆塵堂にいたことがあるのだ。太一郎が生家の銀杏屋に戻った後のことだが、辞めた後も太一郎はよく皆塵堂に顔を出していた。巳之助も同様である。それで、太一郎と巳之助、益治郎は互いに知り合いなのだ。

「ううむ、皆塵堂か……」

巳之助の弟分であり、益治郎の店で働いている茂蔵も、もちろん皆塵堂のことをよく知っているし、たまに訪れることもある。だが、あまり気は進まなかった。なぜなら皆塵堂は、人死にが出たような家から古道具を安く買い取ってきて売る店だからだ。そのせいか、妙な古道具が混ざり込むことがある。言ってしまえば、「幽霊が取り憑いている品物」だ。茂蔵にとって皆塵堂は、とにかく薄気味の悪い店なのである。

「まあ、茂蔵が嫌がるのも分かるけどね。しかしこの件に関しては、皆塵堂を避けることはできまい。その手の古道具は、いずれは皆塵堂か、うちの銀杏屋に行き着くんだよ。だからあの箱も、このまま放っておけば最後にはどちらかの店に持ち込まれるはずなんだ」

「はあ……えっ」

太一郎はここに祠があることをこれまで気づかなかったと言っていた。それなのに今は女の幽霊だけでなく箱のことまで知っている。多分、何かが「見えた」のだろう。

「その前に見つけておきたいが……さっさと皆塵堂に行くとしよう」

太一郎が歩き出した。その背中を見ながら茂蔵は、この人にはどこまで見えているのだろうか、そして自分はどこまで正直に話せばいいだろうか、と悩んだ。

「……へえ、ここがその祠か。魚釣りでこの辺りまで足を延ばすことがあるが、俺もこんな場所に祠があるなんて気づかなかったなぁ」

呑気（のんき）な口調で伊平次（いへいじ）が言った。

この男は皆塵堂の主である。年は四十手前くらい。店の仕事はほとんど小僧に任せ、自分は魚釣りばかりしている、という人物だ。

茂蔵と巳之助、そして太一郎の三人は皆塵堂を訪れ、伊平次を交えて今回の件について話し合った。その後で、伊平次を含めた四人でまたこの地に戻ってきたところである。

「太一郎と違って、俺の場合は川ばかり見ているせいだけどな」

ひとしきり祠を眺めてから、伊平次は茂蔵の方に顔を向けた。

「どうだ、そろそろ痛みは治まったか」

「いえ、はだふりです」

「そうか、まだ無理か」

結局、茂蔵は正直にすべて話したのである。それで巳之助に殴られた頬（ほお）がじんじんと痛んでいて喋りにくいのだ。

「まあ茂蔵は洗いざらい喋ったみたいだから、しばらく黙っていていい。太一郎に訊くが、その髪の毛の詰まった箱とやらはどうするべきかな。お前の言うように、放っておいてもいずれはうちか、銀杏屋に持ち込まれると思うが」

「そうなんですけどね。しかしそれは、人死にが出た後になるかもしれません」

「ほう。そんなに危ない箱なのか」

「そこに詰まっているのは髪の毛であり、同時に恨みでもある。皆塵堂なり銀杏屋なりに売られてくるのは、それを晴らしてからでしょう。浅草にある銀杏屋からでも感じたくらいですから、相当な恨みだと思いますよ」

「ふうん。おっかないねぇ」

伊平次はそう言った後で口元に手を当てた。あくびを噛み殺したのだ。怖がっている様子は微塵もない。

「しかしそれでも俺は、放っておいていいと思うぜ。何があったのかは知らないが、死ぬのはそれだけの恨みを買うような真似をしたやつなんだろうからさ」

「それもおっしゃる通りです。しかしそれだけで済むとは限りません。関わりのない者にまで、とばっちりがいくかもしれない」

太一郎の言葉を聞いた茂蔵は、うんうんと頷いた。自分がそうだからである。髪の毛の主に何かしたわけではないのに、襲われそうになった。

「それと、実は逆恨みだった、なんてこともあり得るわけです。それで死んでしまったら可哀想でしょう。茂蔵が祠の戸を開けたせいで……」

茂蔵は首を竦めた。皆塵堂で散々責められた後なのだ。またここで蒸し返されたら堪らない。

特に気をつけないといけないのは……と横目で巳之助を見ると、こちらを睨んでいた。しかも拳を固く握っている。これはまずい。

自分は三人から少し離れていた方がいいだろう。そう考えて茂蔵はじりじりと後ずさりした。ところがいくらも進まないうちに、かかとが何かに当たり、そのまま後ろに転んでしまった。足と尻が痛かったが、巳之助が「阿呆だな」と笑って拳を緩めたので、少しほっとした。

「……逆恨みねぇ。そのあたりの事情は、さすがの太一郎でも分からないのかい」

「ううん……」

太一郎は唸った後で祠に背を向けた。この場所を囲っている木々が開けている、南側の景色が目に入る形になる。田んぼが広がり、その先に本所の町々が見えるという、なかなかの眺めである。

太一郎はしばらく南の方を見渡した後で、力なく首を振った。

「……祠だけでなく、箱も恨みを封じるための道具になっているんですよ。二重の封印です。髪の毛はまだその箱に入っているみたいですね。だから……分かりかねます」

「逆恨みで人死にが出たら嫌だから、事情は探った方がいいに決まっている。しかし太一郎に頼れないとなると、地道に調べ回るしかない。これは……面倒臭(くさ)いな」

伊平次が苦虫を噛み潰したような顔で茂蔵を見た。「お前のせいだ」と言わんばかりの目をしている。

まだ尻餅をついたままだった茂蔵は慌てて立ち上がった。巳之助が再び拳を握ったのが見えたからだ。じりじりと後ずさりする。ところが少し下がったところでまた躓(つまず)いて、後ろに転んでしまった。

「まあ面倒だけど仕方がない。とりあえずこいつを手掛かりに探っていくとするか」

伊平次が、初めに茂蔵が転んだ場所に歩み寄った。しゃがんで地面を覆っている枯草を掻(か)き分ける。すると少し大きめの、平たい石が出てきた。

「何ですかい、それは」

巳之助が訊くと、伊平次は「束石(つかいし)だろう」と答えた。

「そっちでも茂蔵が転んだが、やはり束石があるみたいだな。つまり、ここには以前、家が建っていたってわけだ。何かがあったためにそれを取り壊し、代わりに祠を作った。まあ、そんなところだろう。まったくの見当違いかもしれないが、とにかく今はそこから調べていくしかあるまい。この近所……と言っても点々と百姓家があるだけだが、そこを回って以前ここにどんな家が建っていたのか訊ねる、と。ちょっと面倒だが、しっかりやれよ、茂蔵」

「えっ、あっしがですかい。まさか、一人で」

「もちろんだ。お前が祠の戸を開けちまったことで始まったことだからな。まずは一人で苦労しろ。ああ、ここからだと大黒屋より皆塵堂の方が近いな。調べ回っている間は皆塵堂で寝泊まりすればいい。益治郎のやつには俺から伝えておいてやるから」

「ちょ、ちょっと待ってくだせぇ」

自分が蒔いた種なのは確かだから、少しくらい苦労するのは仕方がない。だが、薄気味悪い皆塵堂で寝泊まりするのは嫌だ。

「あの、ほら、大黒屋にはあっしと益治郎さんの二人しかいないでしょう。あっしがいなくなると、益治郎さんが困ってしまうと……」

思うんですよね、と最後まで言い終わらないうちに、伊平次と太一郎、巳之助が「そんなわけねぇだろう」「益治郎さんなら平気だ」「お前より猫の方がましだぜ」と口々に言った。

「そ、そんな……あっしなりに懸命に働いているのに」

「うむ、それは認める。周りから『遊び人の茂蔵』と呼ばれて馬鹿にされていた頃と比べると、見違えるようだ。お前はちゃんと大黒屋の役に立っているよ」

「伊平次さん……ありがとうございます」

「だが、それでも益治郎なら心配いらない。お前がいなくても工夫してやりくりするだろう。あいつは皆塵堂にいた頃から、やたらと有能な男だったからな。それよりも今は、お前はこっちに力を注ぐべきだ。この件で人死にが出て、しかもそれがとばっちりを食った関わりのない人だったりしたら可哀想だ」

「はあ……」

だからこそ皆塵堂に寝泊まりさせるのだろう。茂蔵が嫌がっていることを伊平次は知っているのだ。早く皆塵堂から出たければ急いで調べを終えろ、ということである。

「さて、それじゃ俺たちは大黒屋へ行くから。あとはよろしくな」

伊平次が歩き出した。太一郎がその後に続く。そして最後に巳之助が二人を追いかけて……と思ったら、なぜか茂蔵の方へ近づいてきた。

「いいか、茂蔵。もし俺がお前の兄貴分で、太一郎が俺の兄弟分だと言うのなら、伊平次さんは親分ってことになるからな。命じられたことはやり遂げろよ」

「へ、へい……」

「じゃあな。しっかりやれよ」

巳之助がのっしのっしと立ち去っていく。その大きな背中を見ながら、ただ酔って祠を開けただけなのに随分と大変なことになっちまったなぁ、と茂蔵は嘆いた。

## 三

「お前にしては早かったじゃないか。ちょっと見直したぜ。いや、大したもんだ」

「いひひ」

珍しく巳之助に褒められたので、茂蔵は少し気味の悪い笑い方をしてしまった。あの場所に祠が作られる前に建っていたと思われる家について調べろ、と伊平次に命じられた、わずか二日後のことである。

茂蔵は昨日一日、足を棒にして小梅村の辺りを歩き、あの土地のことを訊いて回った。その結果、かつてそこには下田屋という雪駄屋の寮があったこと、後にその寮は備前屋（びぜんや）という履物（はきもの）問屋の手に渡ったが、すぐに建物が壊されて祠が作られたことが分かった。

備前屋がある場所まで聞けた。日本橋横山町（よこやまちょう）だという。そこで今日はその店を探すために横山町を訪れたのだが、これがあっさり見つかってしまった。表通りにある、わりと大きな店だったのだ。

ここでいったん皆塵堂に戻って伊平次に知らせてもよかったのだが、茂蔵はそれでは終わらせなかった。裏長屋に入り込み、備前屋の裏口から出てくる奉公人や女中を捕まえて祠について訊いたのだ。残念ながら誰も祠のことは知らず、さらには厳（いか）めしい顔をした番頭らしき者が現れて追い出されてしまったが、決してしくじったわけではなかった。少し間を空けてから茂蔵が裏口に戻ってみると、さっきの番頭が待ち構えていて、「旦那様が話をしたがっている」と告げられたのだ。

そこでようやく茂蔵は皆塵堂に戻り、伊平次にこれまでのことを知らせた。二人はすぐに店を出て浅草阿部川町に向かって巳之助と太一郎の二人と会い、四人で連れ立って備前屋へ戻ってきた。そして今は、番頭に通された座敷で店の主が顔を出すのを待っているところなのである。

「本当に素早く見つけたし、その後の動きもいい。びっくりだ」

「巳之助さん、驚くことなんて何一つありませんぜ。あっしも本気を出せば、これぐらいはやれるんですよ」

「そうか……よほど皆塵堂にいるのが嫌だったんだな」

「……ええ、まあ」

伊平次に命じられた通り、茂蔵はこの二晩、皆塵堂に寝泊まりしている。幸い妙なものが取り憑いている古道具がたまたま店にない時だったようで、幽霊には遭わずに済んだ。しかしそれでも皆塵堂は、昼間でも薄暗くて気味悪いし、やけに散らかっているし、生意気な小僧はいるし、無愛想な猫もいるし、と決して居心地のいい所ではなかった。

だが今夜は大黒屋に戻れそうだ。茂蔵は心からほっとしていた。

「……それにしてもここは儲かってそうな店だな。庭も立派だし」

伊平次が呟いた。四人が座っている順番は庭に近い方から伊平次、太一郎、巳之助で、茂蔵は反対側の端の、襖のそばである。横に体の大きい巳之助がいるせいもあって茂蔵からだと庭は少し見えづらいが、裏長屋に入り込む前にこの店の周りをうろうろしたので、立派な庭があることは分かっていた。伊平次の言うように儲かっていそうだ。

「それにしてもまだ来ないのかよ、この店の主は。待たせるなら茶の一杯も出せってんだ、まったく」

巳之助が不満そうに口を尖らせた。少し苛立っている様子が見受けられる。腹立ち紛れに殴られたら堪らないので、どうか早く来てください、と茂蔵は心の中で祈った。

「怒るのは構わないけど、小さな声で言えよ」

太一郎が小声で巳之助に告げた。

「どうやら、この店の主殿が来たみたいだからさ。お前の言葉を耳にして、機嫌が悪くなったら厄介だ」

茂蔵は耳を澄ました。確かに足音がこの座敷の方に近づいてくる。しかし音が小さい。これは店主ではなくて、茶を運んできた女中ではないだろうか。

そう思っていると襖が開き、「お待たせいたしました」と五十くらいの年の男が顔を覗かせた。どうやら太一郎の方が正しかったようだ。男のくせに静かに歩くんじゃねぇよ、と茂蔵は心の中で文句を言った。

「この備前屋の主の、徳五郎と申します」

正面に座った徳五郎がそう言って頭を下げたので、茂蔵たちもそれぞれ名乗った。

「うちの番頭によると、小梅町にある祠について知りたがっているとか」

「はい、ぜひお願いします」

答えたのは太一郎だった。こういう時は年長の者が喋るものじゃないのか、と茂蔵は首を傾げながら伊平次の方を覗き見た。呑気に庭を眺めている。受け答えは太一郎に任すつもりなのだろう。太一郎も初めからそれが分かっている様子だった。

「ふむ。祠の何を知りたがっているのかは分かりませんが、それを伺う前に、私の方から一つお訊ねしたいことがございます」

「何でございましょうか」

「あの祠を開けたのは、あなた方でしょうか」

これまで穏やかな表情をしていた徳五郎の顔がわずかに変わった。口元などはそのままだが、目つきが厳しくなったのだ。その目を左右に動かし、四人の顔を見回している。

「あそこは確かに備前屋が持っている場所ですが、そのことはここに長く勤めている者しか知らないのですよ。それで、わざわざ番頭に祠を見に行かせました。店の仕事がまだ残っているようでしたが、仕方ありません。で、その番頭によると祠は戸が開いていて、中に収めていた箱が消えていたそうです」

　徳五郎の目がますます厳しい色を帯びた。

「もしあなた方があの箱を盗ったのだとしても、それを責めるつもりはありません。ただ、すぐにこちらへ戻していただきたい。あの箱は……あまりよくない物なのです」

　太一郎は黙っている。これは俺から話せということに違いない、と茂蔵は思った。自分がしでかしたことなんだから当然か、と顔をしかめながら茂蔵は口を開いた。

「あのう……あの祠を開けたのは、あっしでございまして……」

　左右に動いていた徳五郎の目が茂蔵の顔で止まる。

「ああ、いや、確かに開けたのはあっしです。しかしですね、箱は盗っていませんぜ。ええ、本当です。信じてください。箱はちゃんと祠に戻しました。あんな気味の悪いもの、盗っていくはずありませんって」

「ということは、蓋を開けて箱の中も……」

「へえ、覗きました」

「ふうむ」

　徳五郎は茂蔵から目を逸らし、腕を組んで考え込むような仕草をした。目から厳しさは消えたが、代わりに戸惑い、あるいは逡巡といった色が浮かんでいる。

「……もしあなた方が箱を盗っていったのなら、わざわざこうして、あの土地の持ち主を探し出して話を聞きに来ることはないでしょう。それでも、もしかしたら箱を売り払うにあたって、その価値を調べにきた、なんてこともあるのではないかと思ってお伺いしたまでです。だから、箱は盗っていない、というあなたの話は信じてもよさそうだ」

「そうでしょう。おっしゃる通りです。あっしは何も盗っておりません」

「だが……腑に落ちない点がいくつかある」

徳五郎は腕組みを解き、再び茂蔵の顔を見た。

「な、なんでございましょう」

「そもそも用もないのになぜ祠を開けたのか。子供じゃあるまいし、そういうものを開けてしまう人はあまりいないと思うのですが」

「それは……酔った勢いということで。申しわけありません」

茂蔵は頭を掻いた。

「うむ、まあいいでしょう。それよりも気になる点がありますから。あの祠を、なぜ開けられたのか、ということです」

「はあ？」

「釘を打ちつけて、開かないようになっていたはずです」

そうだったかな、と茂蔵は首を傾げた。

「よく覚えてないが、難なく開いたような気がしますけどねぇ」

「祠は作られてからかなりの月日が経っていますから、木などが傷んで、それで戸が開けられたのかもしれない。ですからそれはいいとして……箱はどうでしたか。四辺に御札を貼り、蓋が容易くは開かないようにしておいたのですが」

「御札？」

茂蔵はますます首を傾けた。蓋と箱が膠のようなものでくっついていて、それをパリパリと剝がした覚えがある。しかし、御札はなかった。

「ああ、これがそれでしょう」

太一郎が口を開いた。もぞもぞと着物の袂を探り、中から紙屑を出す。

「祠のそばに落ちていました。破かれていますから、もうこれに効き目はありません。多分、茂蔵の目には見えなかったのでしょう。いくらこの男でも、さすがに御札を破いてまで蓋を開けることはするまい」

「ほう。『見えなかった』とはまた妙な言い回しですな。気がつかなかったということでしょうか」

「いえ、そのままの意味で受け取っていただいて結構です。茂蔵の目から消えていたということです」

「ふむ」

太一郎の方へと向けられていた徳五郎の目が茂蔵へと戻ってくる。

「とにかくあなたは蓋を開けた。念のために伺いますが、何が入っていましたか」

「髪の毛がいっぱい。多分、女の長い髪の毛」

「それで気味が悪くなって箱を祠に戻した、というわけですね」

「ええ、まあ。髪の毛が詰まっているだけでも不気味なのに、ましてや動いたものだから」

「ほほう。箱の中の髪の毛が、ということですかな」

「へい」

その時のことを思い出して、茂蔵は身震いした。動いただけではなく、伸びた。箱から溢れ出し、自分の方へと向かってきた。

「俄（にわか）には信じがたいことをおっしゃっていますが、まあいいでしょう。あなたは箱を祠へと戻した。しかし、今はその箱が消えています。これは、どういうことでしょう」

「……さあ。多分ですけど、あっしの後でそこを通りかかった人が持っていったんじゃないでしょうかね。売ったら銭になりそうだと考えて」

「祠の中にあるものを勝手に持っていって、売り払う人なんてそうそういないと思いますが……あなたはどう考えていますか」

この徳五郎の言葉は、太一郎に向けられたものだった。

「持っていったのではなく、持っていかされた、のだと私は思います。茂蔵が祠や箱を開けたのもそうですけど、箱の方がそうするように仕向けたのでしょう。呼ばれたんですよ。茂蔵も、その後で箱を持っていった人も」

「これまた妙なことをおっしゃる」

「そうでしょうか。備前屋さんは納得していらっしゃるように私には感じられますが。茂蔵には御札が見えなかったことや、髪の毛が動いたことも含めて」

徳五郎は口を閉じて太一郎をじっと見つめた。腹の中を探っているという風な目つきだ。太一郎の方は、いつも通りの表情で静かに徳五郎を眺めている。何を考えているのかは、茂蔵には分からない。

しばらくすると徳五郎は「ううむ」と一声唸り、それから口を開いた。

「それでは、これから先はどうなると考えていますか」

「かなりの恨みが籠もった髪の毛のようですから、それを晴らすために動くでしょう。箱を持ち去ったのは、恐らくその恨みとは関わりのない人です。きっとその人からまた別の、関わりのない人の手に渡る。そうやって人々の間を転々とし、最後には恨んでいる相手の許にたどり着く」

「そして恨みを晴らす、というわけですか。怖いことをおっしゃる」

「ですから、こうして備前屋さんを訪れているのでございます。茂蔵のやつが祠を開けたせいで始まったことですから、できれば私どもの手で消えた箱を見つけ出したいと考えています。そのために、何があって誰を恨んでいるのか、を知りたいのです。そうすれば先回りができるかもしれない」

「なるほど」

徳五郎は言葉を止め、庭の方へと目を向けた。「さて、どうするべきかな」と小さく呟いた後で、口を真一文字に結んだ。眉根を寄せたせいで眉間に深い皺が刻まれている。険しい表情だ。

相当悩んでいる様子が見て取れる。こういう時はこちらも黙り、徳五郎の考えがまとまるのを待つべきだろう。だから太一郎と伊平次はもちろん、巳之助までもが静かに口を閉じている。

しかし茂蔵はお調子者なので、このような場は苦手だ。何か喋りたくなってしまう。それが駄目なことは分かっている。でも、喋りたい。

「あのう」

口を開いた途端、横から巳之助の拳が飛んできた。ただしそれは頬に当たる寸前で止まったので殴られずに済んだ。静かにしていろ、という脅しだけで終わったようだ。さすが巳之助さんは俺のことがよく分かっていらっしゃる、と茂蔵は感心しながら口を閉じた。

しばらくすると徳五郎が再び太一郎の方を向いた。表情は少し緩んでいるが、まだ眉間には皺が残っている。

「……祠こそ開けてしまったが、箱は盗っていない。それならば、このまま放っておこう、という考えに至っても不思議はない。なぜ捜そうとするのでしょうか」

「人死にが出ると夢見が悪そうですから。恨まれて当然、という人物が死ぬのならいいのですが、そのあたりの事情を私どもは知りません。それに、あの箱に詰まっている恨みは相当のものです。もしかしたら関わりのない人にまで、とばっちりがいくかもしれない。早めに見つけておくに越したことはありません。それで、あの祠や箱の由来を知りたいのです」

「ええと……銀杏屋さんでしたか。あなたは箱を見ているのですか」

「いいえ。この中で、実際にその箱を見ているのは茂蔵だけです」

「それならなぜ……いや、それよりも銀杏屋さん、あなたは……何者ですか」

「その手のものを見たり感じたりしてしまう、不幸な人間です」

「ほう」

　また沈黙。徳五郎と太一郎の静かなにらみ合いが始まる。

　こう静かだと、また俺が何か喋りたくなってしまう。今度は本当に殴られるかもしれない。早く話を始めてくれないと困る、と茂蔵が気を揉んでいると、再び徳五郎が口を開いた。茂蔵はほっとした。

「それなら今あの箱がどこにあるのか、銀杏屋さんには分かるはずでは」

「残念ながら無理です。まさにその箱に入っているせいで分からないのです。私が感じることができるのは、箱ではなく中にある髪の毛なわけですから。まあ、そもそもあの祠のことすら知らなかったくらいなので、大した力ではないのです」

「祠は仕方ないかもしれません。名のある修験者に頼み込んで封じてもらったのですから。もっとも、もう三十年も昔のことですから、さすがに効き目が薄れたようだ。やり直してもらいたいが、残念ながらその修験者はとうに亡くなっていましてね」

徳五郎がすっと立ち上がった。襖を開け、「おおい誰か」と人を呼ぶ。

「まだ茶すらお出ししていませんでしたな。大変失礼をいたしました。少し休んでから話の続き……つまり、三十年前に起こった出来事をお話ししましょう。ただし、この話は備前屋の恥に関わることですので、他の者には口外しないでいただきたいのです」

「ご安心ください。こちらにいる者はみな口が堅くて……あっ」

太一郎は言いかけてから、茂蔵の方を見た。

「あっしなら喋りませんよ。まだ命は惜しいですから」

当然、巳之助のことを念頭に置いた言葉である。

「……ということですからご安心ください。もっとも、箱を捜すにあたって、どうしてもあと数人、信頼できる者に伝えることになるかもしれません。それはご勘弁ください。その者たちから余所（よそ）に洩（も）れることは決してございませんので」

「まあ、銀杏屋さんがそうおっしゃるのなら、よろしいでしょう」

座敷に近づいてくる足音が聞こえてきた。店の者が来たようだ。話をするために徳五郎が座敷を出ていった。その背中に、「煙草盆（たばこぼん）もお願いしますよ」と伊平次の声がかかった。

# 四

それぞれに茶と菓子が出され、伊平次には煙草盆が用意されたところで、いよいよあの祠や箱の由来を聞く段になった。

「……さて、それでは話を始めさせていただきます。あまり気持ちのよくない、聞いていて腹が立つようなところもある話かと思いますが、何卒(なにとぞ)よろしくお願いいたします」

徳五郎がそのように前置きを述べ、「今から三十年も前の……」と話し出そうとした時、「ちょっと待ってください」と声がかかった。座敷の端で、庭の方を向いてぼんやりと煙草を吹かしていた伊平次である。

「そこで庭仕事をしている方、お願いがあるのですが」

外に向かって呼びかけている。どうやら茂蔵など他の者からは見えない所で、備前屋の奉公人が何らかの作業をしていたようだ。

「へ、へい」

返事が聞こえた。しわがれた声だった。

すぐに声の主が茂蔵たちにも見える場所に姿を現した。六十過ぎの、少し腰が曲がった男だった。

「すみませんけどね、桶か何かあったら持ってきてもらいたいのですが」

伊平次が男に告げた。

「手桶じゃ駄目ですよ。持ち手があったら邪魔だ。風呂桶みたいなので、それより少し深いくらいのものがいい。人の頭がすっぽり入るくらいのね。ああ、濡れていないやつでお願いしますよ」

男は戸惑っている様子で徳五郎の方へと目を向けた。徳五郎が頷いたので、男は「ただいまお持ちします」と言ってその場を離れていった。

「……伊平次さん。桶なんて何に使うんですかい」

茂蔵が訊ねると、伊平次は「大したことじゃないよ」と笑った。

「使わずに済めばいいんだが、念のためにね」

男は間もなく戻ってきた。持ってきた桶を伊平次に差し出す。

「こちらでよろしいでしょうか」

「うむ、これだけ大きければ十分だ。ご足労をおかけしました」

男に軽く頭を下げて桶を受け取った伊平次は、「ほれ」とそれを太一郎に渡した。

太一郎はそれを巳之助に回し、巳之助は茂蔵へと受け渡す。その隣にはもう誰もいない。

「えっ、ええと……どういうことですかい」

「お前のために持ってきてもらったんだよ。腹が立つようなところもある話だっていうからさ。もしかすると腹立ち紛れに巳之助がお前を殴るかもしれない」

「あ、ああ……なるほど、そういうことですかい」

茂蔵は得心がいった。さすが伊平次と太一郎は、巳之助のことがよく分かっている。巳之助本人も、何も言わずにこちらに桶を回したところをみると自覚しているようだ。

危なそうだったら急いで頭に被らなければ、と茂蔵は脇に桶を置いた。

「もう庭仕事はいいから、お前は下がっていなさい」

徳五郎が男に呼びかけた。

「それからね、しばらくこの座敷には誰も近づかないように、と店の者たちに伝えておいてくれないか。番頭や、店の方にいた手代などにはもう言ってあるが、伝わっていない人もいるだろうからね」

「へい」

一礼し、男は庭から姿を消した。

「……あれはうちでずっと下働きをしてもらっている、定平という者でしてね」

徳五郎はわざわざ立ち上がって庭を覗き、定平という男が立ち去るのを見届けてから「もうよろしいでしょうか」と伊平次に訊ねた。

「ああ、結構です。話の腰を折ってしまい、申しわけない」

「それでは」

元の場所に戻って座り直し、茶を啜って口を湿らせた。それから「今から三十年も前のことでございますが……」と話し始めた。

その頃の備前屋の主は、徳五郎の父親である市兵衛という名の男だった。

この市兵衛は、小さかった備前屋を一代で江戸屈指の大店にまで育て上げた人物だった。備前屋のことだけでなく、町の世話役としても活動し、例えば大火事があって焼け出された人がいれば先頭に立って炊き出しをしたり、仕事を失った人がいれば新たな勤め先を紹介したりと、町の人たちのために尽力したという。だから亡くなって三十年も経った今でも、尊敬の念を込めて人々の口にその名が上ることがある。

が、それはあくまでも表向きの姿だった。実は裏では、店を大きくするためにかなり悪辣な手を使っていた。それゆえに、表ではことさらいい人を演じていたのだろう。

市兵衛が使っていたのは、履物を扱っている店の邪魔をし、借金を背負わせて商売が立ち行かないようにした上で安く買い取っていく、というやり方だった。それはまず店の主、あるいは跡取り息子や番頭に遊びを覚えさせることから始まる。酒か女か博奕である。手の者に近づかせ、少しずつそうした遊びにのめり込んでいくように仕向けるのだ。

場合によっては、店のかみさんに狙いを定めることもある。息子は暖簾分けして外に出し、本店は有能な番頭などを娘婿に取って、女系で継いでいく所も多いからだ。そういう店はかみさんが実権を握っているので、こちらを落とす。男をあてがったり、着物や芝居見物で金を使わせたりするのである。

もちろんそうした汚い仕事は密かに飼っている男たちに任せている。市兵衛は最後に「いい人」として出ていくのだ。このまま店が潰れてしまっては奉公人が路頭に迷ってしまう、可哀想だから私が借金ごと引き取りましょう、といった按配である。市兵衛は裏で金貸しともつながっているので懐は痛まないが、もちろんそんなことはおくびにも出さない。感謝されながら店を手に入れるのだ。

「もっとも、すべての店がそうやって思い通りに潰れてくれるわけではありません。むしろ少ない。だから見込みがないとなったら早々に手を引く。私の父……市兵衛は、そのあたりの見極めもうまかった。しかし、そうした中にどうしても手に入れたいと考えている店があった場合は……」

徳五郎はそこでいったん話を止めて茶を啜った。それから苦々しい顔つきになり、低い声で続きの言葉を吐き出した。

「……その店の主は死体になりました」

茂蔵はこれを聞くのと同時に、頭を下げて桶を被った。思った通り、がつんという衝撃があった。巳之助が腕を茂蔵の方に振ったのだ。こいつのお蔭で助かった、と安堵の息を吐きながら茂蔵は桶を外した。

「繰り返しになりますが、すでにお分かりのようにこれは備前屋の恥になる話です。ぜひとも他言無用で、たとえ漏らすにしても信用のできる人のみにしていただきたい」

徳五郎は深々と頭を下げた。太一郎と巳之助が頷いたので、茂蔵も「へい」と首を縦に振った。伊平次だけは庭の方を向いて、黙って煙草を吹かしていたので、返事はしなかった。

頭を上げた徳五郎は、ちらりと伊平次に目をやった後で顔を正面に向け、再び話を始めた。

「その頃、浅草に下田屋という雪駄屋がありました。店構えはさほど大きくはありませんでしたが、堅い商売をしていて、それなりに儲かっていたようです。その下田屋を市兵衛は狙いました」

下田屋の主は入り婿の、常七（つねしち）という三十になるかならないかくらいの男だった。その女房が、お此（この）という名で、年は二十五くらい。二人の間には、お葉（よう）という五つの娘がいた。

先代の主である、お此の父親の為造（ためぞう）も、その頃はまだ存命していた。番頭から婿になった人なので七十近くになっていたが、隠居した後も店に睨みを利（き）かせていた。下田屋の商売がうまく回っていたのはこの為造のお蔭である。その連れ合いである、お此の母親は、すでに他界していた。

店の奉公人は若い頃から働いていた番頭が一人と、丁稚（でっち）として修業している親戚筋の男の子が一人、他に女中が二人だった。

みな実体な人柄で、遊びにうつつを抜かすような者はいなかった。だから市兵衛も、少し調べただけで、この店は無理だと一度は諦めたのである。

しかし、ある出来事が起こった。実際に下田屋を動かしていた為造が病に倒れたのである。

「下田屋は小梅村に寮を持っていました。あの祠のある場所です。為造は花や木をいじるのが好きでしてね。寮の建物の周りにたくさん植えていたらしい。それぞれの季節ごとに色鮮やかな花が咲き乱れたと聞いています。病を得てからは、そういう草木や花を眺めながらゆっくり療養するのがいいだろうと、為造は寮に移りました」

店を切り盛りするのは常七とお此の、若い夫婦になった。ここで市兵衛は再び動いたのである。

まず、市兵衛の息のかかった医者を為造の許に送り込んだ。高い薬代を要求する相手は常七やお此だ。父上の病を治すためだから、と言って金を引き出した。心労をかけてはまずいので為造には知らせない方がいい、と常七たちに口止めした上でのことだった。

市兵衛はそれ以外の手も打った。備前屋は、下田屋とは取引していなかったが、浅草にはいくつか付き合いのある雪駄屋があった。それらの店に、相場よりはるかに安い値で品物を卸したのだ。市兵衛にしては珍しい、正攻法である。

父親の病のことで忙しかったためか、常七は品物の値が崩れていることに気づくのが遅れた。ようやく分かった時には、得意客を何人も逃していた。

やがて、為造が死んだ。後には高い薬代の支払いだけが残された。

しばらく喪に服すために店は閉められた。そして喪が明けて再び商売を始めた時には、客はすっかり離れていた。薬代を支払うどころか、それ以上の借金を背負う羽目になった。下田屋は立ち行かなくなってしまったのである。

「ここで『いい人』である市兵衛が、常七とお此の前に姿を現しました。薬代や借金の支払いはこちらでするし、奉公人の新たな勤め先も紹介してあげるから、店と寮を譲ってくれないか、と申し出たのです」

すでに客足は途絶えている。このまま続けても借金がかさむばかりで、いずれ下田屋は潰れてしまうだろう。それならたとえ安くても、今ここで市兵衛に売った方がいい、と常七は考えた。

しかし、お此は違った。店を売ることは承知したが、父親が最期を迎えた寮を手放すことには反対したのだ。

市兵衛と常七は説得した。だが、お此は頑なだった。決して首を縦には振らなかった。

そこで、市兵衛は別の条件を出した。薬代を立て替える代わりとして、寮はいったん市兵衛の手に渡る。しかし一年以内に同じ額の薬代を用意することができれば二人に戻す、ということだった。

かくして常七とお此は、お葉の手を引いて下田屋を離れていった。

「さすがに市兵衛も、まったくの無一文で親子三人を放り出すなんてことはいたしません。なにしろ『いい人』なわけですから。当面は暮らしていけるだけの銭を常七たちに渡しています。もちろん、薬代にははるかに及ばない額ですが」

親子三人は安い裏長屋に移った。

常七は口入れ屋に通い、慣れない人足仕事をするようになった。本当はどこかの店で働きたかったのだが、よさそうな勤め先が見当たらなかったのだ。このあたりは裏で市兵衛が手を回していた。

お此の方は、まだ五つのお葉がいるために、外へ出て働くということがなかなかできなかった。同じ長屋に住む他のおかみさんから着物の仕立てや針仕事などを回してもらって、わずかな銭を稼いでいた。

このままでは埒（らち）が明かない、親子三人が暮らしていくのでやっとで、とてもではないが薬代なんて貯まらない。そう考えた常七は、お此にある提案をした。遠州の掛川に、自分が若い頃に世話になった人が住んでいる。その人に借金を頼んでみよう。掛川までなら十日もかからないから、その人を探し回って話をする間を考えても、ひと月もあれば江戸に戻ってこられる。もしかしたら駄目かもしれないが、やるだけのことはしたい。とにかくひと月の間は、これまでに貯めた銭だけで、お葉と二人で頑張ってくれないか、という内容だった。

お此は承知し、常七は旅立っていった。

「……そしてそのまま、常七は姿をくらましたのです。このあたりのことは、私にはよく分からないのですが、もしかしたらこれも、市兵衛が裏で手を回したのかもしれません。常七に銭を与えて、女房子供を捨てさせた、ということです。どうやら市兵衛は、下田屋よりも寮の方を手に入れたいと思っていたようでしてね。あそこは景色がいいですから。その寮に執着しているのはお此だけで、常七は売ってもいいと考えていた。そうしていたら、もう少し多くの銭を市兵衛から得ることができていたわけです。それに常七は慣れない力仕事で体が参ってもいた。なんだかんだで常七も嫌気がさしていたのではないでしょうか。そういう心に付け入るのが市兵衛はうまいのです。ともかくとして、常七は戻ってきませんでした」

ここまで聞いたところで、茂蔵はまた桶を頭に被った。案の定、直後にがつんという衝撃が来た。桶は茂蔵の頭の先から首までの長さより少し深いので、肩で支える形になる。先ほどは気にならなかったが、今回はその肩に少し痛みを感じた。

「……一つお訊ねしてもよろしいでしょうか」

太一郎の声がした。巳之助はもう殴ってこないだろうと考え、茂蔵は桶を外した。

「なんでしょうか」

「備前屋さんは話の中で、お父上のことを「父」とか「父親」ではなく、「市兵衛」とお呼びになっています。これは、その方が私どもに分かりやすいから、と考えてのことでしょうか。それとも、仲があまりうまくいってなくて、そのような呼び方になっているのでしょうか」

「後者です。私は父……市兵衛のやり方に不満を抱いておりました。それでその頃は備前屋を離れ、親戚の家に身を寄せていたのです」

「それにしてはお詳しい」

「一応は跡取り息子でしたから、まったく縁を切っていたわけでもありませんでした。奉公人の中の何人かとはつながりがあったのです。その者たちからいろいろと聞いていたのですよ」

「なるほど」

「さて、話の続きをいたします。常七が戻ってこないまま、ひと月が経ち、ふた月が過ぎ、次第にお此たちの暮らしが厳しくなってきました」

　昼間だけ長屋の他のおかみさんにお葉を預かってもらい、お此は外に働きに出た。そうは言っても、飯屋で料理を運ぶのを手伝う程度の仕事しかなかった。銭は貯まらない。

　それに、お此が働き始めた途端に、その飯屋には柄の悪い男が集まってくるようになった。これはもちろん市兵衛が手を回したせいだが、そのせいでお此はいくつもの店を転々としなければならなかった。そうしているうちに妙な噂が立ち、近所でお此を雇おうという店はなくなってしまった。

「すでにお此が薬代を稼いで寮を返してもらうのはほぼ無理になっていますから、ここまですることはないのではないか、と思われるかもしれませんが、それについては、市兵衛はそういう男なのだ、と答えるしかありません」

　遠くへ行けばまだ働ける飯屋があるかもしれない。しかしお葉はどうすればいいのか。悩むお此に、一人の男が近づいてきた。

「男はお此に、体を売るように勧めたのです。知り合いの店を紹介してやると。もうお分かりかと思いますが、こいつも市兵衛の手の者です。三十年も前のことですから名は忘れてしまいましたが、確か周りの者から『青八（あおはち）』と呼ばれていたのを覚えています。多分、八兵衛とか八助とか、そんな名前なのでしょう。市兵衛が裏で使っていた男の中にもう一人、『赤八（あかはち）』と呼ばれる男もいました。この男も八が付く名なので、『青八』と分けてそう呼ばれるようになったのではないでしょうか。とにかくその青八はお此に、体を売るように勧めた。そしてお此は、薬代どころか日々の暮らしすら苦しくなっていたこともあって……その話に乗りました」

お此は、その頃はもう寮のことは半ば諦めていた。それでも体を売ってまで稼ごうとしたのは、お葉がいたからだった。幼い娘だけがお此の心の支えだった。

「ところがここで、さらなる不幸がお此を襲います。あらかじめ言っておきますが、茂蔵さん、桶を用意しておいた方がよろしいでしょう」

「はあ」

茂蔵は桶を被った。

「それでは申し上げますが……お葉が風邪をこじらせて、亡くなってしまったのです」

がつん、という凄まじい衝撃が茂蔵の肩を襲った。あまりの痛さに唸っていると、足音が近づいてきて、もう一発、桶を叩かれた。

足音が離れていき、巳之助の向こう側で止まった。座る気配がする。どうやら後から叩いたのは太一郎だったようだ。

「子供が死ぬ話なんか聞きたくありません。お葉ちゃんが亡くなったあたりのことは詳しく話さなくて結構ですから、一気に先に進めてください」

その太一郎が、冷たい声で徳五郎に続きを促した。

「左様でございますか。それでは……お葉が亡くなった後もしばらくの間は、お此は体を売る仕事を続けました。自分が食べていかなければなりませんから。しかし……」

ある時から、お此は長屋の自分の部屋に閉じ籠もり、出てこなくなった。

当然、周りの者たちは心配した。近所のかみさん連中や長屋の大家、果ては町役人まで来て、お此に部屋から出るように説得した。しかし、お此は「私のことなら放っておいてください」と返事をするだけで、姿を見せることはなかった。

心張棒（しんばりぼう）が支（か）ってあるとはいえ、裏長屋の戸であるから、いつでも容易に外して中に踏み込むことができる。それに中からお此の声もするのだから、まだ平気だろう。周りの者はそう考え、様子を見ることにした。

しばらくするとお此の部屋から嫌な臭（にお）いがするようになった。外に出ている様子はないから、中で用を足し、その臭いが漏れているのだろうと周りの者は考えていた。ところが、そのうちに別の臭いも気になり出した。糞尿とは違う、何かが腐ったような臭いだ。それに、大きな蠅（はえ）も飛ぶようになった。

さすがにもう我慢することはできない。近所の者たちはお此の部屋に踏み込んだ。お此は死んでいた。近くに刃物が落ちていたことから、自ら命を絶ったのだと考えられた。

「不思議なことに、踏み込む前日にも長屋の大家がお此の声を聞いているのです。しかし、どう見てもお此は、亡くなってから数日は経っている様子でした。それからもう一つ不思議なことに、お此の髪がなくなっていたのです。死体になったお此の髪の毛は、いわゆる尼削（あまそ）ぎというやつで、だいたい肩くらいまでの長さになっていました。多分、自分で切ったのだと思われますが、切られた髪の毛が見当たらないのです。長屋の者たちは、きっと気づかない間にこっそり部屋を抜け出して、かもじ屋にでも売ったのだろうと噂したのですが……」

かもじ、とは付け毛のことである。長屋の者たちは、可哀想だからその髪を見つけて寺に納めてあげようと考え、その手の物を扱っている店を回ってみた。しかし、お此らしき者が髪の毛を売りに来た様子のある店を見つけることはできなかった。

「それから数日後、小梅村の寮で市兵衛は宴会を開きました。お此の死で名実ともにそこは備前屋の寮になったので、今回の件で動いた者たちを集めたのです」

宴は昼から始まり、日が暮れてからも続いた。そして夜の五つ頃……火が出た。疲れた者が寝られるように布団だけ敷かれていた部屋があったのだが、そこが火元になった。念のために点けていた行灯が倒れ、布団に火が燃え移ったのである。しかし部屋にはその時、誰もいなかった。

火が出たのは一階の部屋である。宴会は二階で開かれていた。そのせいでみなが火事に気づいた時には、すでに火が回ってしまっていた。

人々は梯子段に殺到した。将棋倒しになり、落ちたり潰されたりして亡くなる者が出た。また、窓から地面に飛び下りた者もいたが、うまく着地ができずに、やはり頭を打って死んでしまった。

「寮にいたのは、今回の件のために裏の仕事をした者だけではありません。手伝いのために、女中や若い手代も来ていました。その中に命を落とした者はいません。死んだのは悪い連中ばかりでした。これは後に、手伝いに来ていた女中の一人が言ったことですが、死んだ者たちはみな妙な落ち方をしていたらしい。何かに足を取られ、くるりと回転して頭が下になったと言うのです。その女中によると、なにやら黒いものが足に絡みついたように見えた、ということでした。もっとも梯子段のあたりは薄暗いし、煙も立ち込めていましたから、誰もその女の言うことなど信じませんでしたが。それから、市兵衛はその火事では死にませんでした。悪運が強いわけではなく、恐らく後始末のために生かされたのだと思います」

江戸で火事を出すことは一大事である。しかしそこは人里離れた田んぼの中の寮で、宴会に出ていた者以外で火に気づいた者はわずかだった。市兵衛はそういう人に金を渡し、口を封じた。また、市兵衛は役人にも顔が利いたので、火事の件で咎められることはなかった。

それに亡くなったのはみな裏で市兵衛の悪事の手伝いをしていた者たちばかりだった。死んだところで騒ぐ者などいなかった。それで、こちらの始末も難なく済んだ。

「燃えた寮は建て替えるためにすっかり壊されたのですが、その際、焼け跡から妙な物が出てきました。箱です。文箱と思える漆塗りの黒い箱で、その中には……もうお分かりでしょうが、長い女の髪の毛が詰まっていました。お此の髪の毛だと考えてまず間違いないでしょう。しかし、それを誰が、どうやって寮に運んだのかは分かりません。お此も長屋の部屋から出た様子はありませんでしたから。しかし、とにかくその箱は寮に現れた。もう一つ不思議なことに、焼け跡から見つかったというのに、箱はまったく焦げていませんでした」

市兵衛も気になったようだ。この箱は備前屋へと運ばれた。多分、その後で寺にでも納めるつもりだったのだろう。

だが、その前に市兵衛は死んだ。箱が備前屋に持ち込まれた晩のことだった。市兵衛が寝所にしている部屋の方からうめき声のようなものが聞こえたので、店の奉公人が覗いてみたところ、すでに事切れていたのである。

市兵衛の首には何かを巻きつけでもしたかのような赤い跡があった。そして少し離れた所に、あの箱が落ちていた。

「……市兵衛が死んだことで、親戚の家に身を寄せていた私が備前屋に呼ばれ、店を継ぐことになりました。その私が初めにしたのは、寮のあった場所に祠を建てることです。市兵衛やその仲間の死がお此の祟りであることは明らかでしたから。慰霊のためではなく、封じるために建てたのです。死んでいるのはお此を不幸な目に追いやった連中ばかりでしたが、必ずしもそれだけで終わる、とは限りませんから。もしかしたらその後、関わりのなかった備前屋の奉公人たちにまで累が及んでいくかもしれません。お此のことを気の毒には思っていますが、店を継いだ以上は奉公人を守らねばいけません。だから私は、そうやって無理にでもお此を止めることを選んだのです」

徳五郎は湯飲みを手に取り、残っていた茶を一気に飲み干した。

「……これで私の話は終わりです。以来三十年、お此の髪は箱に入れられ、あの祠に封じられてきました。ところが今回、そちらの……茂蔵さんが祠を開けてしまった」

「へえ、申しわけありません」

「箱を持ち去ったのは別の人ですから、責めるつもりはありません。ただ、みなさんも懸念していたように、お此の恨みとは関わりのない者にまで迷惑がかかるかもしれない。だからぜひあの箱を見つけてほしいと思っています」

「へい、それはもう」

「もちろん私も捜しますし、奉公人にも手伝わせます。しかし残念ながら三十年も経っていますので、祠や箱のことを知っている者は少ない。昔から勤めている番頭など、数人だけです。もちろん詳しいことは告げず、『こういう箱を見つけろ』とだけ告げる手もありますが……」

「うっかり箱を開けてしまい、中の髪の毛に襲われてしまうかもしれません」

太一郎が首を振った。

「やはり事情を知っている者だけで動いた方がよろしいでしょう。とりあえず私どもで捜してみます。備前屋さんには他に、早々にやってほしいことがあるのです」

「何でしょうか」

「あの祠を建て直すことです。すっかり朽ちてしまっている。使いものになりません。いったん壊して、新しいものを作るべきです」

茂蔵は首を傾げた。あの祠は確かに古びてはいたが、作りはしっかりしているように見えた。戸の辺りは直した方がいいと思うが、建て替える必要まではないと思う。

「見に行かせた番頭は特に何も言ってはいませんでしたが……そうおっしゃるなら手配いたします」

「お願いします。それから、先ほどの話で気になったことがあるので、お訊ねしてもよろしいでしょうか」

「なんでしょうか」

「市兵衛は、お此の前では『いい人』になっていたと思うのです。お此は、市兵衛のせいで酷い目に遭っていると気づいてはいなかった。しかし最後には、すべてが市兵衛の仕業であると知ったような気配がある。いったいどうやってそのことを耳にしたのでしょうか」

徳五郎は口を結んで腕を組んだ。分からないから考えている、という雰囲気ではない。知ってはいるが、話すべきかどうか迷っている、という様子だった。

しばらくすると「ううむ」と徳五郎は唸り、再び口を開いた。

「それについて確かなことは言えません。が、こうではないか、と思うことはあります。それでよろしければお話しします。あまり気持ちのいい話ではありませんが……」

茂蔵は脇に置いていた桶を体の前に動かした。両手を添え、いつでも被れるようにする。

「……話の中に、青八と呼ばれる男が出てきたのを覚えておいでしょうか。お此に体を売るように勧めたやつです。この男が、嫌な趣味を持っている野郎でしてね。お此の前にも、何人もの女を相手に同じことをしているのですが、その後で客として行くのですよ。で、事の最中に耳元で教えるのです。実は初めから市兵衛が仕組んだことだった、と。そんなことをばらしていいのか、と思われるかもしれませんが、そこまで身を落としてしまった女にはもう、どうすることもできません。証拠はありませんから、言い触らしても嘘つき呼ばわりされるのは女の方です。市兵衛は『いい人』ですし、役人や岡っ引きともつながっている。下手なことをすると女の方が危ない。だから青八の話を聞いた女ができるのは、ただ顔を歪めることだけだ。青八は女のそういう表情を見るのが好きな野郎なのです。だから多分お此には、亭主の常七の件も漏らしたんじゃないでしょうか。例えば、常七に少し銭を渡したらあっさりお前たちを捨てていったよ、みたいな感じで」

茂蔵は桶を被った。直後に肩に痛みが走った。それと同時に頭にも強い衝撃を受け、茂蔵は後ろへと吹っ飛んだ。

巳之助の力が、とうとう桶を突き破ったのである。

「……こいつは悪いことをした。うちの古道具でよければ弁償しますよ」

座敷の端にいる伊平次が煙を吐き出しながら告げた。

「さすがに皆塵堂のでは申しわけないでしょう。うちの店にいいのがあります」

太一郎も申し出た。

「いや、俺が壊したのだから俺が弁償する」

巳之助も続いた。誰も茂蔵のことは案じていなかった。

「桶なら気にしなくて結構ですよ。うちにも古いのがいくらでもありますから」

徳五郎が答えた。こちらも茂蔵を心配している様子はなかった。

まあいつものことさ、と茂蔵は立ち上がり、壊れた桶の板や箍を座敷の隅に寄せた。茂蔵自身もまったく気に留めていなかった。

「……備前屋さんにお訊ねしたいことがもう一つあります」

太一郎が再び話し始めた。

「お此は恨みを晴らすために再び動き始めたわけです。と、いうことは、まだ市兵衛の仕事を裏で手伝った者が生き残っているということになります。それが誰であるか、そして今どこにいるかを、備前屋さんは摑んでいらっしゃるのでしょうか」

備前屋は残念そうな顔で首を振った。

「どこにいるのかは分かりません。しかし、お此が恨みを抱いている相手が誰であるかは言えます。三人ほど生き残っている。一人は、先ほどから話に出ている青八です。この男は備前屋に来ることはありませんでした。だから宴会にも出ていなかったのです。それから、この青八と区別するために赤八と呼ばれていた男も残っています。そしてもう一人……市兵衛の仲間ではないのですが、恐らくお此が最も恨んでいたのではないかと思われる人物がいます」

「誰でしょうか」

「亭主の常七です。こいつが姿を消さず、そのままの暮らしを続けていれば、娘のお葉は死なずに済んだかもしれません。さすがに寮は手放すことになったでしょうが、お葉の命と比べれば何でもない」

「なるほど。では箱を捜すと同時に、青八と赤八、そして常七の行方も調べてみましょう。うまく見つかれば、箱の先回りができる」

太一郎は立ち上がった。訊きたいことはもうないようだ。続けて巳之助、そして伊平次も腰を上げた。この二人は、初めから徳五郎と話をするのは太一郎にすべて任せていたようなので黙っている。

茂蔵は、他に訊いておくようなことはないか、と頭を捻ってみた。しかしせいぜい、この壊れた桶はどうするのか、ということくらいしか浮かばなかった。しかもそれを口にする前に徳五郎から「桶はこちらで片付けます」と言われてしまったので、訊くことが何もなくなった。

結局、茂蔵も無言で立ち上がった。

# 五

備前屋を辞した茂蔵、伊平次、太一郎、巳之助の四人は、小梅村へと足を運んだ。木立の中にある、あの祠へと近づく。

「これはいったい……」

祠を見た茂蔵は言葉を失った。これまでとは様子が異なっていたのだ。屋根が落ち、戸は外れ、周りを囲っている壁板も所々が破れている。

戸を開けてしまったのは、わずか二日前だ。その時はこんなではなかった。それに茂蔵は昨日この辺りを調べ回る際に、ここも訪れている。その際も祠は前日と変わりがなかった。

「これはどういうことだい、太一郎」

伊平次が訊ねると、太一郎は「役目が終わったんですよ」と答えた。

「お此の恨みを封じるためだけに作られた祠です。しかしそれが出てしまった。だからもう、形を保っていられなくなったのです。今日、番頭さんがこれを見に来たはずですが、何も言ってなかった、と備前屋さんはおっしゃっていましたね。だからその時はまだ、ちゃんと建っていたんでしょう。多分、備前屋さんが話を終えたのとほぼ同時にこうなったと思いますよ」

「ふうん。太一郎にはそれが分かっていたのか」

「分かっていたというか、見えていたというか……」

「まったく、お前の目には何が見えているんだか」

「いろいろですよ」

太一郎は少し笑うと、祠に背を向けてしまった。

「……まあ、とにかく明日からは箱捜しだ。おい茂蔵、お前は当然、箱が見つかるまで皆塵堂に居候だからな」

「あ、やはりそうですかい……」

薄々そうなるのではないかと思っていたが、実際に口に出して言われてしまうとがっくり来た。茂蔵は「はあ」と溜め息をついた。

「あのなあ茂蔵、今回の件は、元をただせばてめえが悪いんだぜ」

巳之助が睨んできたので、茂蔵は思わず桶を探してしまった。もちろんここに、そんな物はない。

「そもそもだな、どうして祠の戸なんか開けたんだ」

「いや、だからそれは、酔った勢いだと……」

「だったらこれからは、お前が酒を飲むのを禁じる」

「ちょ、ちょっと待ってくださいよ」

茂蔵は慌てた。今の自分にとって酒は最後の砦だ。

「すでに女遊びと博奕を禁じられているんですよ。その上、酒まで駄目だとなったら、何を楽しみに生きていけばいいんですか」

「大黒屋の仕事に喜びを見出せ」

「いや、いくらなんでも、それとこれとは……それに、あっしはまだ仲間内では『遊び人の茂蔵』として通っているんです。それなのに女遊びも博奕もできず、酒まで飲めないとなったら笑われますって。酒だけは許してください。さもないと『遊び人』の名が……」

「他の遊びをすればいいだけだ。凧揚げしたり独楽を回したりして、きゃあきゃあ笑ってろ」

「そんな……子供じゃあるまいし」

「お前にはお似合いだ」

伊平次か太一郎に助けを求めようと思い、茂蔵は周りを見た。伊平次は朽ち果てた祠を詳しく調べているようだ。声がかけづらい。

　太一郎はさっきまであらぬ方へ目をやっていたが、今は茂蔵の顔を見ていた。首を傾げて何やら考え事をしている。

「ええと、太一郎さん……何か？」

「なあ茂蔵。お前、そんなに『遊び人』の呼び名にこだわりがあるのか。そんな風に呼ばれて嬉しいのか」

「は、はあ……ほんのちょっとだけ」

たとえそんな呼ばれ方でも、他の人との違いが感じられて少し嬉しい。

「ふうん。しかしね、巳之助の言うことはもっともなんだよ。今のままではいけないと思うんだ。だからさ……これからは同じ遊び人でもこれまでとは違った、もう一段上の遊び人を目指したらどうかな」

「太一郎さん……何ですか、それ」

もう一段上の遊び人。意味が分からない。

「すまん。そもそも俺は女遊びも博奕もしないし、酒だって付き合いで飲む程度だ。だからうまく言えない」

　困った話である。それが分からないと目指しようがない。

茂蔵は巳之助の方へ向き直った。この男なら説明がつくかもしれないと思ったからだが、顔を見てすぐに無理だと悟った。やはり困惑した表情を浮かべていたのだ。

考えてみれば巳之助は酒こそ浴びるほど飲むが、博奕はしないし、女の尻より猫の尻を追いかけるのが好きという人間だ。決して遊び人ではない。

伊平次に聞いても無理だろう。釣りしかしない男だ。それが太一郎の言う、もう一段上の遊び人だとは思えない。

「何だかよく分からないが、太一郎が言うんだから従った方がいい。さもないとよくないことが起こるかもしれないぜ」

巳之助がそう言いながら茂蔵の肩を叩いた。当人は軽く叩いたつもりだろうが、それでも茂蔵は五歩くらい後ろへ動いた。

「なくなった箱を捜し出し、ついでに太一郎が言っている、もう一段上の遊び人ってやつが何だか分かったら、酒を飲むのだけは許してやるよ」

「は？」

無理難題、という言葉が頭に浮かんだ。いくらなんでもそれは厳しすぎる。

「さて、もう日が暮れるから帰るとするか。俺と太一郎は阿部川町へ、そしてお前の行き先はもちろん皆塵堂だ。伊平次さんはどこへ行っちまうか分からん人だが、お前はまっすぐ皆塵堂へ戻るんだぞ。遠回りになるが、阿部川町に帰る時に俺と太一郎で大黒屋に寄って、益治郎さんにちゃんと伝えておいてやるから。茂蔵はしばらく戻れませんは、と」

「そ、それはご親切にどうも……」

踏んだり蹴ったりである。茂蔵はがくりと膝をついた。

# 髪絡み

## 一

茂蔵は皆塵堂の店先に出て、巳之助と太一郎がやってくるのを待っていた。

備前屋で徳五郎の話を聞いた翌日である。今日は朝から、茂蔵は向島の辺りをうろうろと歩き回った。もちろん箱を捜すためだ。しかしただ闇雲に歩くだけでは見つかるはずもなく、昼になってとぼとぼと皆塵堂に戻ってきたのである。

やはり箱捜しは太一郎に頼るしかない、と茂蔵は思った。なんとか頑張ってもらい、一刻も早く箱を、そしてその中に収められているお此の髪の毛を見つけるのだ。

もちろん自分も出来る限りの手助けはする。さもないと……。

「ずっとこの店で寝泊まりすることになっちまう」

茂蔵は通りから皆塵堂の中へと目を移した。

皆塵堂という店は、とにかく散らかっている。それも尋常の散らかりようではない。下手に足を踏み入れると命にかかわる、と言ってしまってもいいほどだった。

まず、通りに面した側には桶が積まれている。風呂桶や手桶など大きさはさまざまだ。今にも崩れそうだが、これはまだいい。たとえ崩れて下敷きになっても命を落とすことはなさそうだからである。

その向こう側には鍋や釜が高く積まれている。これが少し怖い。頭の上に落ちてきたら痛そうだ。打ち所が悪かったら死ぬかもしれない。

また、壁際には箪笥や長持などが置かれているのだが、その上に包丁などの刃物が載せられている。これが落ちてきたら怪我は必至だ。

しかも皆塵堂に入った時には、上ばかりを気にするわけにはいかなかった。下にも危ない物が落ちているのだ。根付や印籠、煙草入れ、煙管などは踏んでも平気だと思うが、簪はぐさりと刺さりそうだ。

それに壺や皿、茶碗なども床にそのまま置かれているので、歩くのに気を使う。

「まったく、よく怪我もせずに通り抜けられるよなぁ、伊平次さんも、峰吉も」

茂蔵は呟きながら、皆塵堂の店土間を上がった先の板の間に座っている小僧を見た。

黙々と壊れた古道具を直す作業をしている。峰吉は手先が器用なのだ。その点については舌を巻くほど感心する。

それにこの小僧は、客に対してやたらと愛想がいい。子犬のような目をして客の応対をする。大黒屋で働いている時の茂蔵も、客が若い女の時には持ち前の調子のよさを発揮するが、さすがに峰吉のような愛嬌は出せない。小僧であることの利点である。十二くらいの年の子が、可愛らしい笑顔で客の相手をするのだ。客の財布も緩むというものである。

が、実はこの峰吉、年はもう十五なのだ。そろそろ大人の仲間入りをしてもいい頃である。周りの者もそう言っているらしいのだが、当人は「この方がお客に品物を売りつけやすい」ということで、前髪を落とすことを拒んでいる。

そういう小僧であるから、愛想がいいのは銭を持っている客に対してのみだ。その他の者が相手の時は、むすっとした顔で憎まれ口を叩く。太一郎や巳之助に対してでさえそうなのだから、ましてや茂蔵の扱いなど酷いものである。

「ああ、早く大黒屋に戻りたいぜ」

皆塵堂は曰く品を多く取り扱う店で、時として幽霊が出ることもある。しかしそれよりも、時によらず常に店にいる峰吉の方が厄介だ、と茂蔵は思っていた。

その峰吉のいる先には、部屋が二つある。手前は伊平次と峰吉が寝所にしている部屋だ。その奥は客間で、床の間に大きな猫が寝ている。白地に茶色のぶち模様、名を鮪助という雄猫だ。

鮪助はこの辺りの親分猫である。貫禄の塊だが、つまりは不愛想ということである。この鮪助が少しでも猫らしくなるのは、猫が苦手なのにやたら猫に好かれるという、あの太一郎を相手にする時だけだ。

今、皆塵堂にいるのは茂蔵と峰吉、そして鮪助の、二人と一匹だけである。向島から帰ってきたら伊平次はいなかった。多分、釣りに行ったのだろう。伊平次は、釣りに出かけずに店にいる時の方が少ない店主なのだ。姿がないのは決して珍しいことではない。

「さて、と。巳之助さんと太一郎さんはまだ来ないかな」

目を通りに戻した。昼下がりということもあるのか、春の柔らかな日差しに照らされた通りには人っ子一人いなかった。眠くなってしまうくらい静かである。

茂蔵は大きなあくびを一つすると、皆塵堂の脇にある狭い路地に入った。板塀越しに、横から皆塵堂を眺めてみる。

やけに細長い造りだ。店土間、峰吉がいる板の間、座敷が二つと並び、さらにその先に、家に食い込むように蔵が建っている。昔は家と蔵は分かれていたが、後から建て増しをしてくっつけたらしい。泥棒に入られないようにそうした、と茂蔵は聞いていた。

この蔵がまた厄介なのだ。皆塵堂にはたまに幽霊が取り憑いている古道具がやってくるが、そういう物はだいたいこの蔵に押し込まれる。だからそこは幽霊の巣窟なのである。あるいは、幽霊の鍋料理とでも言うべきか。とにかく足を踏み入れてはいけない場所なのは確かだ。

もっとも、峰吉は平気な顔でこの蔵に入っていく。夏などはそこで涼むらしい。その手の古道具ばかり入っているせいか、蔵の中はいつでもひんやりとしているのだ。

「あいつは幽霊なんてどうでもいい、という小僧だからな」

こんな店にいるくせに、峰吉は幽霊を見たことがないのである。しかし信じないわけでもない。客として来て、銭を払ってくれるなら歓迎だそうだ。

それと、伊平次も幽霊は見えないらしい。やはり皆塵堂のような場所で暮らすには、そういう鈍さが必要なんだな、と茂蔵は思った。きっと俺には無理に違いない。

「あるいは太一郎さんのように、思いっきり見えてしまうとか……」

それはいくらなんでも嫌だ、と呟きながら茂蔵は通りへと戻った。

自分が路地にいる間に来て、中に入ったかもしれない。茂蔵はそう考えて、店の奥を覗き見た。太一郎や巳之助はいなかったが、別の人物が座敷に座っていた。

茂蔵は頭上や足下に気をつけながら急いで店土間を通り抜けた。

「いらっしゃったことに気がつきませんで。大変失礼をいたしました」

履物を脱いで板の間に上がり、そのまま座敷へと向かう。

そこにいたのは、清左衛門という名の老人だった。ただの年寄りではない。木場にある鳴海屋という材木問屋の隠居で、皆塵堂を含むこの辺りの長屋の家主だ。

茂蔵は清左衛門の前に腰を下ろし、手をついて丁寧に頭を下げた。

「ようこそいらっしゃいました、大親分」

「……茂蔵、今、儂のこと、何と呼んだ？」

「大親分と」

「なんだね、それは」

「あっしにとって巳之助さんは兄貴分だ。太一郎さんはその兄弟分。前に太一郎さんはここで世話になっていたわけですから、伊平次さんは親分ということになる。そうなると鳴海屋のご隠居様は、さしずめ大親分かなぁ、と」

「やめとくれよ」

清左衛門は首と手をぶんぶんと大きく振った。顔もしかめている。心底嫌がっている様子だ。

「間違ってもそんな呼び方はしないでくれ」

「左様でございますか。残念だなぁ」

茂蔵は無念そうに唇を尖らせた後で、挨拶をやり直した。

「鳴海屋のご隠居様、ようこそいらっしゃいました」

「うむ。お前も以前はこの辺りで『遊び人の茂蔵』なんて呼ばれて笑われていたが、その頃と比べると人としてだいぶまともになった。まあ、まだ少し怪しい気もするけれどね」

実はまだ仲間内ではその呼び方をされているし、茂蔵も内心では気に入っているわけだが、清左衛門にはそのことを言わない方がよさそうだ。茂蔵はとりあえず礼だけ述べた。

「へえ、ありがとうございます」

「やはり益治郎のお蔭だろうね。皆塵堂に住み込んで働いた者は何人もいるが、思い返してみるとあいつはとびっきり有能だった。何しろ益治郎は、この皆塵堂の店土間を綺麗に片付けてしまったんだからな。それだけでも尋常ではない男だと分かる。もっとも、伊平次と峰吉がすぐに元の散らかった店に戻してしまったが」

清左衛門は顔を店の方へ向け、はあ、と溜め息をついた。

板の間で古道具の修繕をしている峰吉は顔色一つ変えていない。清左衛門の嫌味が聞こえていないのかな、と茂蔵は思ったが、すぐにそれが間違っていたことを知った。

「その益治郎さんがやってきたみたいだよ。太一ちゃんと巳之助さんも一緒だ」

峰吉が、手元の古道具からまったく目を離さずに言った。茂蔵は慌てて店先を見たが、人影はなかった。

当然だ。他の二人はともかく、一人で大黒屋にいる益治郎が来られるはずがない。そう思った直後、店先に三つの人影が現れた。

太一郎と巳之助、そして益治郎だった。

茂蔵は出迎えるために立ち上がった。峰吉の脇を通り過ぎる際に「なぜ分かったんだ」と訊いてみた。

「足音だよ」

峰吉は事も無げにそう答えた。

どんな耳をしているんだ、と茂蔵は舌を巻いた。ここから外の足音が聞こえただけでも凄いのに、誰のものであるかまで聞き分けている。凄い、を通り越して、怖い。そんな峰吉が清左衛門の言葉を聞き逃すはずがない。まったく食えない小僧だ、と思いながら茂蔵は板の間の端に座り、近づいてくる益治郎に声をかけた。

「店の方はどうしたんですかい」

「巳之助さんが手伝いの人を引きずってきたんだよ。前に俺が世話になっていた橘屋の、若旦那だ」

「ああ、新助さんですね」

その人も茂蔵同様、巳之助には逆らえない男のうちの一人である。

「さすがに若旦那に長く店番をさせるのは悪いから、俺はすぐ帰るよ。とりあえず伊平次さんに挨拶を……ああ、釣りに行ったか。代わりに鳴海屋のご隠居様がいらっしゃるから、挨拶をしなけりゃな」

益治郎は履物を脱ぎ、座敷の方へと向かっていった。目で追っていると、「どうだ、幽霊の一つも見たか」と声がかけられた。巳之助だ。

「幸い、皆塵堂ではまだ見ていませんぜ」

「ほう、たいていの者は見るんだけどな。ここの幽霊に相手にされていないのか」

まあ今は髪の毛の幽霊にだけ襲われてくれればいい、と嫌なことを言いながら巳之助も履物を脱ぎ、奥の座敷へと向かった。

巳之助の姿を目で追った後、次は太一郎さんか、と思いながら茂蔵は店土間の方へ目を戻した。

太一郎は店の中に入ってはいるが、まだ通りに近い所にいた。進むのが遅い。しかも、頭がやけに大きい。

店の中から外の方へと目を向けているので、太一郎の姿は影になってよく見えない。だから初めは分からなかったが、やがて鮪助が頭の上にいるのだと気づいた。いつの間にか床の間からそこへ移っていたらしい。さすが猫だけに素早い。

「し、鮪助。爪(つめ)は立てるな」

太一郎が文句を言っている。鮪助は後ろ足を太一郎の肩に乗せ、頭の後ろから抱きつく形になっている。大きな猫なので、太一郎の頭をすっぽり覆うようになっている。なぜかやたらと猫に好かれる男だとは知っているが、こうしてその姿を目の当たりにすると、感心せざるを得ない。

「鮪助、前が見えない。これだと危ないから」

太一郎が前かがみになって言うと、鮪助は背中の方に少し下がった。まるで言葉が通じているかのようだ。

「おい、茂蔵。眺めてないで、鮪助を外してくれよ」

「そうしたら、あっしが鮪助に引っ掻かれますからね。どうかご自身で、なんとかしてください」

茂蔵は太一郎を待つのはやめ、座敷へと戻った。

すでに益治郎と巳之助は清左衛門への挨拶を終えていた。今は清左衛門が「頼むから皆塵堂を片付けていってくれ」と益治郎に懇願しているところだった。

「ま、まあ……橘屋の若旦那には悪いけど、ご隠居様がそうおっしゃるなら……」

益治郎は押し切られた。清左衛門の顔がぱっと明るくなった。

「これで少しの間は、土間を通りやすくなるな。よしよし。それでは、例の髪の毛の入った箱の話をしようか」

太一郎は備前屋に、「あと数人、信頼できる者に伝えることになるかも」と話していたが、それは清左衛門と益治郎、そして峰吉を念頭に置いたことだったらしい。昨日、朽ちた祠を見た後で、伊平次が鳴海屋へ、巳之助と太一郎が大黒屋へ行き、備前屋で聞いた話を伝えている。茂蔵だけは皆塵堂に戻されて店の仕事をやらされたが、そういうわけですでに清左衛門と益治郎の二人は詳しい事情を知っているのだ。

峰吉にはまだ伝えていないが、わざわざそうしなくてもこの地獄耳の小僧のことだから、気づくと事情をすべて知っていた、という状態になるに違いない。

「太一郎、お前なら箱のある場所について、だいたいの目星くらいはついているんじゃないのかい」

清左衛門が板の間の方へ呼びかけた。

そちらへ目を向けると、峰吉が座っているすぐ前の床を太一郎が這っていた。もちろんその背中には鮪助が乗っている。

「残念ながらまったく分かりません。多分、近づけばその気配を感じられると思いますので、歩いて捜し回るしかありませんね」

「それは、いくらなんでも大変じゃないのかい」

「ただ闇雲に歩くつもりはありません。まずは古道具屋でしょう。皆塵堂や銀杏屋以外にも、古道具を扱っている店は江戸にたくさんある。そういう店を介して人々の手を渡り歩き、狙っている男の許へと近づいていく、というやり方をお此さんの幽霊は取ると思うのです」

「回りくどいな。一気に恨んでいる男の所へ飛んでいく、なんてことはないのかね」

「最後の一人になったらそういうこともあるかもしれない。しかし今は目立たないように動くと思うのです。また封じられたら堪りませんので」

太一郎は這い進みながら答えている。背中の鮪助はのんびりと毛繕いを始めていた。よく落ちないものだと感心する。

「ふむ。そういうものなのかね。まあ、太一郎が言うのだから信じるしかないが」

清左衛門は、ううむ、と唸りながら首を傾げ、考え込む仕草をした。昨日、伊平次から聞いた話を思い返し、他に訊くことを探しているようだった。

「ええと、私からよろしいですか」

太一郎の方を見ながら益治郎が言った。鮪助を背負った太一郎は、ようやく隣の部屋にたどり着いたところだった。

「なんでしょうか」

「確か、お此さんの幽霊が狙うと思われる人物が三人いたでしょう。そいつらを捜すことはしないのですか」

「ああ、青八と赤八、そして……常七ですね。そちらは古道具屋を回るついでに、そういう人物を知っていないか訊ねるくらいでいいと思うのです。青八と赤八の二人は、そもそもあだ名であって、八が付く名前だとしか分かっていない。それにこれは常七もですが、今は名を替えているかもしれない。もう三十年も経っているわけですから。それと……特に常七がそうなのですが、三人とも江戸にいるとは限りません」

「言われてみればそうか……だとすると、やはり箱を追っていくのが一番のようだ」

「そういうことです」

太一郎はようやくみんなのいる座敷にたどり着いた。

「鳴海屋のご隠居様。他に何かございますでしょうか」

這ったままで太一郎は訊ねる。清左衛門は首を振った。

「いや、今のところは思いつかないな。とりあえず太一郎の好きにやればいい」

「そうさせていただきます。それでは、鮪助の説得を……」

「おい鮪助。太一郎はこれから行かねばならない所があるんだよ。人様の命にも関わることだから、済まないが下りてやってくれんかね」

鮪助が渋々、という感じで太一郎の背中を離れ、いつもの場所である床の間へと歩いていった。やはりこいつは化け猫だな、と思いながら茂蔵は鮪助を見送った。

「さて、来て早々ではあるけど、行くとするか」

苦手な猫から解放された太一郎が、立ち上がって大きく伸びをした。

「なんだよ、もう行くのか。少し待ってくれよ」

巳之助が口を尖らした。

「俺だって鮪助と楽しく遊びたいんだからさ。太一郎だけずるいぜ」

「どうしたら楽しそうに見えるんだよ。とにかく早く動こう。こんな所でだらだら話していても仕方がない。益治郎さんはこの後、皆塵堂の片付けをしなければならないみたいだし」

もしかしたら、今日この後、一番大変なのは益治郎かもしれない。茂蔵は益治郎に頭を下げてから立ち上がった。

「それでは参りましょう」

「おっ、茂蔵。お前まで俺を裏切るのか」

「滅相もない。あっしは一生、巳之助さんについていきますぜ。だけど箱は急いで見つけないと」

「皆塵堂からさっさと出たいだけだろう」

「へい。おっしゃる通りで」

清左衛門にも頭を下げて、茂蔵は座敷を出た。すぐ後ろから太一郎がついてくる。巳之助も店の土間までは下りたが、そこで振り返って名残惜しそうに鮪助を見た。しかし峰吉から「そこにいたら益治郎さんに迷惑だよ。早く行ったら」と声をかけられ、再び動き出した。

# 二

三人がまず向かったのは、亀戸だった。太一郎と巳之助が知っている古道具屋がそこにあるということだった。富蔵という人がやっている店で、たまにうっかり曰く付きの古道具を仕入れてしまい、皆塵堂に引き取らせるのだという。そこなら箱が持ち込まれてもおかしくない、と太一郎は考えたようだった。

しかし、その前に三人は別の所に寄った。巳之助の知り合いの、源六という爺さんの家である。たまには顔を出しておかないと、と巳之助に半ば無理やり連れてこられたのだ。

「おうい爺さん、生きてるかい」

巳之助が戸を開けると、広い土間のあちこちに木の塊が転がっているのが見えた。

「儂ならとっくに死んだよ。ここにいるのは木彫りの置物を作ることに心血を注いでいる仙人だ。だからこれからは置物仙人と呼んでくれ」

「誰が呼ぶか」

巳之助が戸口をくぐって中に入った。茂蔵も、なるほどそれで木の塊が転がっているのか、と納得しながら源六爺さんの家に足を踏み入れた。

「おっ、見慣れない顔だな」

源六爺さんは珍しいものを見るような目で茂蔵を眺めた。

「巳之助なんかにくっついていても、いいことないぞ」

「何をおっしゃいますやら。あっしは巳之助さんの弟分の、茂蔵と申す者でございます。巳之助さんにはずっとついていきますよ」

「へえ、弟分ねぇ……」

源六爺さんは、茂蔵の頭のてっぺんから足の先までをじろじろと見回してから、

「ふふん」と鼻先で笑った。

「気に入った。この巳之助についていこうなんて、並みの人間では思うまい。大した野郎だ。よし、お前さんには、儂が彫った置物をやろう。何でも好きなものを持っていっていいぞ」

「おいおい爺さん。別に気に入らなくてもあげるつもりだったろうよ」

「巳之助は黙っとれ」

「へいへい。おい茂蔵。先に言っておくけどな、人様からいただいた物は大事にするんだぜ。多分、捨てたくなるだろうが、そこは我慢だ」

「はあ……」

何のことやら、と思いながら茂蔵は足下にたくさん転がっている木彫りの置物を見た。すぐに巳之助の言葉に得心がいった。

どれ一つとして、何を作った物だか分からなかったのだ。

試しに一つ手に取ってみた。ただ玉を半分に割っただけの物だ。源六爺さんに訊いてみる。

「これは何ですかい」

「亀じゃ」

「はあ……それではあの、棘（とげ）のついた棒みたいなのは」

「龍だな」

「それならそっちの、犬の糞のようなのは」

「確か、猪（いのしし）だったかな」

自分でもよく分かっていないらしい。

「まあ、じっくり選んでくれ。それより、外に人を待たせているんじゃないのかね。中に入ってこない者がいるようだが……ああ、なんだ太一郎か。どうしたんだ」

源六爺さんは、元々は巳之助と太一郎と同じ、阿部川町の長屋に住んでいた人だ。

だから太一郎のことも知っている。

「いや……近づきがたい気配が漂っているものですから。ところで源六さん、木彫りに使っているこれらの木の塊や板は、いったいどこから仕入れてきた物ですか」

「この頃、材木屋とか大工の棟梁の家とかに行くと、ただでくれることがあるんだよ。なんか、あまり縁起がよくない木だとか言ってたかな。しかし気にするな。ご覧の通り、儂は何ともない。欅だから、彫るのにちょっと苦労するだけだ……いい加減、中に入ったらどうだ」

「いや、私はちょっと……」

太一郎は戸の向こうから顔だけ覗かせて土間を見回し、すぐに首を引っ込めた。

「まあ、好きにすればいい。それより茂蔵と言ったか、どうだ、選べたか」

「は？」

無理だ。選びようがない。茂蔵は助けを求めるために巳之助の顔を見た。

「ええと確か、茂蔵は大切にしていた観音像が割れてしまったとか言ってなかったか。だから今、もし欲しいとしたら観音像だ。しかし残念だな。源六爺さんの所には、観音像なんかないよ。それなら茂蔵も、喜んで貰ってやっただろうに」

巳之助なりに助け舟を出したつもりのようだ。しかし、その目論見は外れた。

「観音像がいいのか。それならあれを持っていけばいい」

源六爺さんが指を差した。

「あるのかよ」

巳之助が苦笑いしながら、源六爺さんの示している方へ目を向けた。もちろん、茂蔵もそちらを見る。

「おおっ」

二人そろって声を上げた。観音像だと言われればそうかもしれない、と思える物が土間の隅に立っていたのだ。

他の置物と比べると相当ましである。さすがに源六爺さんも、観音像を彫るのには相当な力を振り絞ったようだ。少なくとも、人が立っているようには見える。

ただし角度によっては、男の股ぐらにぶら下がっているあれに見えなくもなかったが、さすがに観音様に対してそれを口にするのは憚(はばか)られた。

「これは……観音像だな」

「へえ、観音像です」

「言っちまった以上は、貰ってやらなけりゃならないが」

「仕方ありません。源六さん、こちらをありがたく頂戴(ちょうだい)いたしますぜ」

茂蔵は観音像に近づき、恭しく手に取った。

「ああ、念のために言っておくが、これは儂がお前さんにあげた物だからね。間違っても売ったりしたら駄目だからな」

源六爺さんがすぐそばまで近づいてきて、茂蔵の顔を覗き込むように見た。

「ところでお前さん、どこに住んでいるんだね」

「ええと、長谷川町の大黒屋という小間物屋にいます。今は皆塵堂にいますが……」

「長谷川町か。ちょっと遠いが、たまに見に行くからね。大事にしていなかったら承知しないよ」

「は、はあ……」

どうやら面倒な爺さんから物を貰ってしまったようだ。その前に兄貴分の巳之助から「人様からいただいた物は大事にするんだぜ」と言われていたこともある。手放すのは無理だ。

「……大事にします」

茂蔵は項垂れながら答えた。割れてしまった観音像を作ったのは、後に実は名人だったと分かったが、この爺さんは違う。凡人以下である。

あの名人の作の代わりにこれを飾るのか……。

これが台に置かれているのを見たら益治郎はどう思うだろう。それが気になった。

「さて、巳之助にも何かやらないとな」

源六爺さんが土間を見回し始めた。

「ああ、俺はいいんだよ、俺は。今日は爺さんの顔を眺めに来ただけだ。じゃあな、長生きしろよ」

巳之助が戸口から出ていった。大きな体なのに、驚くほど動きが素早かった。

「仕方ねぇ、それならお前さんにもう一つ……」

「あっしもこれでっ」

茂蔵も慌てて外に出た。すでに巳之助と太一郎は離れた所を歩いていた。源六爺さんの舌打ちを背後に聞きながら、茂蔵は駆け出した。二人の後ろまで迫ると、太一郎が振り返った。

「源六爺さんから貰った物を見せてくれないか」

太一郎の目は茂蔵の腰に向けられている。観音像は帯に挟んでいたのだ。

「これですかい」

茂蔵は帯から像を抜き、太一郎の前に掲げた。

「ううむ、やっぱりそうか。どうもこれは、どこかで祀(まつ)られていた御神木か何かを伐った材木で作られた物のようだ」

「は？」

「茂蔵……念のために言っておくが、間違ってもこれを売り払おうなどと考えちゃ駄目だぞ」

「え、ええまあ」

いらぬ心配だ、と茂蔵は思った。売り払おうとしても、こんな物は誰も買うまい。

「神様は理不尽だからな。悪い方に転べば、とんでもない祟りがある。しかし大事にしていれば、もしかしたらご利益もあるかもしれないから。まあとりあえず、この俺には近づけないでくれ」

怖いことを言ってくれる。困った物を手に入れちまったな、と顔をしかめながら、茂蔵は観音像を帯に挟み直した。


富蔵という人がやっている古道具屋は、皆塵堂よりほんの少しばかり片付いているというだけで、似たような雰囲気の店だった。

たまにうっかり曰く品を買い取ってしまう、というのも似ている。いや、皆塵堂の場合、分かっていても引き取るから、やはりほんの少しだけましだろうか。それでった。
　うらぶれた感じの店構えを見るに、どうも自分とは相性が悪そうだ、と茂蔵は思
った。
「富蔵さん、生きてるかい」
　巳之助が大声で店の中に声をかけた。源六爺さんの家に入った時と同じ挨拶であ
る。やはり相手は年寄りだろう。
　鳴海屋の清左衛門から始まって、源六爺さん、そして富蔵と、今日は年寄りに縁が
ある。今度はどんな人だろうか、と茂蔵が見守っていると、しかめ面の不機嫌そうな
男が奥から出てきた。
「誰かと思ったら魚屋か。まさか手ぶらで来たんじゃねぇだろうな」
「すまねえ。今日は手土産なしだ」
「けっ、しょうがねぇ。さっさと奥に入んな。往来の邪魔だ」
　どうやら今度は口の悪い年寄りのようだ。
　巳之助が店に入っていく。茂蔵も後に続こうとしたが、ここは太一郎を先に、と考
え直して後ろを振り返った。
　太一郎は、戸口のはるか手前で立ち止まっていた。
　さっきの源六爺さんの家も太一郎は入ろうとしなかったが、あれは多分、御神木を

伐った材木がたくさんあったからだろう。太一郎はそういうものを感じる男なのだ。ということは、この古道具屋には幽霊が取り憑いている品物があるのかもしれない。

「太一郎さん、もしかして、あの箱がこの店に……」

「ん？　いや、あの髪の毛の気配は今、ここにはない」

「それなら別の何かが？」

「ああ、恐ろしいものだ。それも……」

太一郎は指を二本出した。これは、その手の古道具が二つあるということだろうか。

「まさか……」

「まったく恐ろしい話だよ。実は源六さんの家にもいたんだが、多分、初めて見る茂蔵がいるせいで出てこなかったようだ。あそこのは怖がりだからな。ただ、念のために俺は源六さんの家に入ることはしなかった。しかし……ここのは違う。人懐っこい連中だから、余裕で外まで出てくる。きっと今にも……」

茂蔵の足下を何かが通った。同時に太一郎の悲鳴が上がった。

「おい富士(ふじ)、猫八郎(ねこはちろう)。太一郎じゃなくて俺と遊んでくれよ」

店の中に入った巳之助が再び出てきた。この時にはもう、茂蔵も気づいていた。太一郎は、幽霊ではなく猫を恐れていたのだと。

見ると、太一郎の体を二匹の猫が登っていくところだった。

「おいこら魚屋、猫八郎じゃねぇ、浅間だ」

巳之助の後ろから富蔵も出てきた。

なるほど、と茂蔵は頷いた。この二匹の猫のうちの一匹は、巳之助たちの住む通称「鬼猫長屋」からこの古道具屋に貰われてきた子なのだ。

鬼猫長屋には、裏店にうろついている猫が五匹、表店の銀杏屋に一匹の、全部で六匹の猫がいる。雄雌入り混じっているので、当然、子猫が生まれることになる。そうした場合、巳之助は子猫の貰い手が見つかるまで、猫太郎、猫次郎、猫三郎、猫四郎……という風に名をつけていくのだ。また、余所で生まれた猫をいったん鬼猫長屋で引き取ることがあるが、そういう猫もやはり順に数字の付いた名を付ける。

しかし、それはあくまでも鬼猫長屋にいる間のことだ。猫を引き取った者は改めて好きな名を付けていい。もちろん面倒なら長屋で呼ばれていたままでも構わない、ということになっているのである。

浅間という方は鬼猫長屋から貰われてきた猫のようだ。長屋にいた時は猫八郎だったのだろう。富士の方はきっと初めからこの店で飼われていたに違いない。

猫同士、仲がよさそうで結構、と茂蔵は微笑(ほほえ)ましい気分で太一郎にしがみつく猫を見守った。

ちなみに茂蔵と益治郎が働く大黒屋にも二匹の猫がいるが、こちらも巳之助に押し付けられた猫だ。しかしまだその頃は順番に数字を付けたものではなく、初めからまともな名がついていた。疾風(はやて)と時雨(しぐれ)という。名付け親は鳴海屋の清左衛門老人だ。大黒屋に引き取られた後も、変わらずにその名で呼ばれている。

なお、その後も二匹ほど巳之助に押し付けられそうになったが、店主の益治郎は悩んだ挙げ句に断った。その猫は今、前に益治郎が働いていたことのある、橘屋にいる。巳之助が若旦那の新助に押し付けたのだ。

「……太一郎さん。あっしはてっきり、源六さんの家に太一郎さんが入らないのはあの御神木を伐った材木のせいだと思っていたんですけどね」

「いや、猫の気配があったからだよ。さっきも言ったように、売りさえしなければ材木は平気だ。欲が絡まなければいい」

二匹の猫にしがみつかれた太一郎は、ぎくしゃくとした動きで古道具屋の戸口をくぐっていった。

羨(うらや)ましそうな顔をしながら、巳之助がその後ろに続く。その後ろに「浅間だからな」と念を押しつつ富蔵が、そして最後に、なんであんなに猫に好かれるかねぇ、と呟きながら茂蔵が店に入った。

「……で、何の用事で来やがった」

上がり框（がまち）に腰を下ろすと、すぐに富蔵が吐き捨てるように訊いてきた。

「魚屋だけじゃなくて銀杏屋もいるんだから、まあ、道具のことか。何か探しているのかい」

「おっしゃる通りです」

太一郎は答えた後、ゆっくりと顔を店の土間へ向けた。目つきが鋭い。頬もきりりと引き締まっている。何かを感じ取ろうとしているらしい。もし頭の上と膝の上にそれぞれ猫が乗っていなかったら、かなり格好いい姿だと思われた。

「……この三日の間に、ここに箱を売りにきた客がいませんでしたか。何となく気配が残っているのですが」

「お前さんが言うってことは、妙なものが取り憑いている箱なんだろうな。うむ、心当たりはあるよ。そういう箱を売りに来たやつがいた。たまにここに顔を出す男でね。どこかで拾ったような物を売りに来るんだ。まあほとんど追い払うんだが、ひもじそうな顔をしているんでね、たまに仕方なく買い取ってやることもある」

「その男が箱を売りに来た、と。それを見た時、富蔵さんはどう思いましたか」

「どこの火事場で拾ってきたんだか、と考えたよ。焦げ臭い気がしたんでね。だが、不思議と焦げ目のようなものは見当たらなかった」

「それは、どれくらいの大きさの箱でしたか」

「これくれぇかな」

富蔵は体の前で、指を使って四角を描いた。

太一郎がゆっくりと顔を茂蔵の方へ向けた。動きが遅いのは、もちろん頭の上に猫がいるせいだ。

富蔵が描いた四角は、あの箱の大きさとだいたい同じだった。茂蔵は頷いた。

太一郎の顔がのろのろと富蔵へ戻った。

「その箱の蓋には、蒔絵で何かが描かれていたと思うのですが、どんな絵でしたか」

「うん？　そんなものなかったぞ。漆塗りの、黒いだけの箱だ」

また太一郎の顔が茂蔵の方へゆっくりと動いてきた。面倒臭いので「当たってますぜ」と茂蔵は答えてあげた。

「おい銀杏屋。先に答えておくが、薄汚い紐で結ばれて、蓋を押さえてあったぜ」

「……どうやら私どもが捜している箱で間違いないようです。富蔵さんはその箱をどうしましたか。買い取りましたか。それとも買わずに追い払いましたか」

「儂にしては珍しく、古道具屋の勘ってやつが働いてな。中を覗いてはいけない箱だ、と思ったんだ。それで買い取りを断ろうとしたんだが、そいつがやけにしつこいんだよ。仕方なく、団子が二本買えるだけの銭で引き取ってやった。まさかその値で売るとは思わなかったよ。もっと買い叩けたな」

その箱は関わりのない者の間を転々としながら恨みのある相手の許へと近づいていく、というのが太一郎の考えだった。だからその男は安くても売ったのだろう、と茂蔵は思った。次の人の許へ箱を渡さなければならないからだ。箱の意思で男は動かされたのだ。

「富蔵さんは、買い取った箱の中は確かめてみましたか」

「いや」

富蔵は首を振った。

「古道具屋の勘だと言っただろう。端から蓋を開ける気はなかった。それでも、知りたかったんでね。売りに来た男に訊ねてみた。すると男は知らない、と答えたんだ。紐の結び目が固くて解けなかったんだと。その男もだが、結んだやつも不器用だな。確かに下手な結び方をしていた。あれはなかなか解けん」

それを結んだのはあっしです、と茂蔵は心の中で言った。しかし断じて自分は不器用ではない。中から髪の毛が出てこないように、と必死に力を込めて結んだだけだ。

「それで、その箱はどうなりましたか。今この店にはないようですが」

「売ったよ。買い取って四半時も経たないうちに、欲しいという男が現れたんだ」

「その人は、やはり常連客でしょうか」

「違う。初めての客だ。用事があってこっちの方へ来て、何となくふらっとこの店に入ったんだと。そんな怪しい品物を売るのは、さすがの儂も気が咎めた。それで初めは断ったんだ。しかし、どうしても売ってくれ、としつこく言いやがった。で、仕方なく売った。まあこちらも儲ける気はなかったんでね。団子三本分の銭だけ受け取ったよ」

一本分はしっかり儲けているあたりはやはり商売人だ。

「そうなると、箱を買っていった男の素性は分からないわけですね」

「まあな。しかし儂も気になったんで、住んでいる場所を訊ねてみた。詳しくは教えてくれなかったが、本所相生町の方だ、と言ってたな」

「さすが富蔵さんだ。これまで何度も曰く品をつかまされただけのことはある」

「褒めてねぇな、それは。まあいい。その箱を捜しているならさっさと行きな。次に来る時は手土産を忘れるなよ」

「はい。それでは」

　太一郎は立ち上がった。

「巳之助、茂蔵、行くぞ」

「ちょっと待てよ。やっと太一郎から猫を奪ったのに」

　さっきまで太一郎の上に乗っていた富士と浅間は、今は巳之助の方に移っていた。

「お前から猫を取り上げるってのは凄いことなんだぞ。そのあたりのことをよく考えてだな、少しの間だけでも俺に猫と遊ばせて……」

　太一郎はそのまま店を出ていった。巳之助は、ちっ、と舌打ちしてから猫を富蔵に渡し、太一郎を追いかけた。

　この爺さんは口が悪いが、中身は案外いい人だな、と思いながら茂蔵は立ち上がり、富蔵に一礼してから先にいった二人を追いかけた。

## 三

「……どうですかい、太一郎さん。何か感じますかい」

茂蔵の問いに、太一郎は力なく首を振った。

亀戸で源六爺さんや富蔵と会った翌々日の昼下がりである。

茂蔵と太一郎は本所相生町にいる。前々日も、富蔵の店を辞してからこの町に来て、箱を捜し回った。しかし何の手掛かりも得られないまま日が暮れ、いったんお開きとなった。そして昨日も再び三人で集まって箱捜しの続きをした。しかしやはり何も分からず、三人は別れた。

今は三日目である。さすがに何とかしたいと茂蔵は考えていた。しかし、ここまでのところは無駄足を踏んでいる。

「巳之助さんの方はどうでしょうかねぇ」

茂蔵は竪川の流れに目をやりながら呟いた。これまでは三人で闇雲に町を歩き回っていたが、今日は二手に分かれているのだ。

本所相生町は竪川沿いにある細長い町で、一丁目から五丁目まである。このうち、一ツ目之橋に近い一丁目と二丁目が「一ツ目」、二ツ目之橋に近い三、四、五丁目が「二ツ目」と呼ばれている。太一郎と茂蔵はこの一ツ目で、巳之助は二ツ目の方で捜していた。

そうするように言い出したのは巳之助である。この男は無類の猫好きで、野良猫は無理だが、飼われているものなら江戸中の猫を知っている、と豪語している。もちろん実際には無理なのだが、しかし決して嘘をついているとは言い切れない面もあった。

巳之助には、似たような「猫好き仲間」が江戸のあちこちにいるのだ。一人一人はせいぜい住んでいる町内や、その周りの町の猫くらいしか分からないが、それが合わされば、江戸中の猫を把握できる、というわけなのである。

二ツ目に、そんな猫好き仲間の一人が住んでいるらしい。顔が広く、二ツ目の住人とはたいてい知り合いだという。巳之助はその人と動いている。

「多分、猫と遊んで終わりだと思うけどね、巳之助は」

太一郎が、左右に建ち並ぶ家々を見回しながら言った。口調からして、まったく期待していないようだった。

「ここら辺は二丁目と三丁目の境か。一ツ目の端まで来ちまったな。ここまでは何も感じなかった。巳之助がどう動いているか分からないが、三丁目に入ってしまおうか」

「まあ、駄目でしょうけどねぇ」

三丁目はすでに昨日、歩き回っているのだ。もちろん、箱は転々としているはずなので、昨日はなかったが今日はある、ということもあり得る。だがそれなら、すでに本所相生町から別の町に移ってしまっている、ということも考えられてしまう。

「箱一つ見つけることくらい容易いと思っていたけど、厳しいなぁ」

茂蔵は空を仰いだ。巳之助の仕事があるので、三人が集まって捜し始めたのは昼すぎからだ。だから今はもう、日が傾いて夕方になっていた。

昼前までは茂蔵は一人で動いていた。まず初めにしたのは、再び富蔵の店を訪れることだった。箱を買っていった男の風貌などをあまり聞かなかったことを思い出したためだ。

富蔵によると、そいつは痩せた三十過ぎくらいの男だったという。これを聞いて茂蔵はがっかりした。明らかに、お此の幽霊が狙っている者ではないからである。亭主の常七は、今は六十くらいだ。青八と赤八の年は分からないが、三十年前にまだ二十だったとしても、今は五十になっている。年が合わない。

「やはりもう、箱はこの町にないのかもしれませんねぇ。もう一度、古道具屋を回ることにした方がいいかも……」

茂蔵は目を太一郎の方へ向けた。返事がないな、と思ったからだが、案の定、太一郎は茂蔵の話を聞いていなかった。こちらに背を向けて、通りの先を眺めている。

「どうかしたんですかい」

茂蔵が訊くと、太一郎は「出た」と答えた。

「いったい何のことですかい。太一郎さんのことだから、猫かな」

「いや、髪の毛が箱から出たんだ。茂蔵が祠の戸を開けて、さらに箱の蓋も外した、その時に感じたのと同じ気配があった」

「それは、今も感じているんですかい」

「いや、消えた。だけどあっちの方だ」

太一郎がそちらへ向かって歩き出したので、茂蔵もついていった。

進むにつれ、人々の騒ぐ声が耳に入るようになった。まずは女の泣き声が聞こえた。それから男の怒鳴り声。「医者を呼べ」とか「戸板を外せ」などと言っているのも耳に届く。

「あの辺りから感じたんだが……」

太一郎が立ち止まった。少し先に人だかりができている。とある店の前だ。しかし何の商売をしている店なのかは分からなかった。人が多くて近づけない。

茂蔵は首を伸ばすようにして、人々の背中越しにその店の方を眺めた。

「誰かが倒れたみたいですぜ」

お此の髪の毛の仕業だろうか。

もしそうであるなら、相手は三十年前にお此たち下田屋を陥れた、備前屋市兵衛の仲間か。それとも、まったく関わりのない者か。

茂蔵は太一郎から離れ、道の反対側に寄って少しずつその店に近づいてみた。

どうやら針や糸などを扱っている店のようだった。さほど大きくはない。この近所の人たちだけを相手にした、小商いの店、といった様子だ。

野次馬として集まっている人のうちの誰かを捕まえて、話を聞いてみるのもいいかもしれない。話好きな人がいれば助かるが……と周りを見回していると、「わっ」と声が上がった。

その店から人が出てきたのだ。戸板に乗せられた者がいて、それを男たちが運んでいる。

茂蔵は必死に背伸びして、人垣の後ろから覗いたが、残念ながら戸板の上の人物を見ることはできなかった。

戸板が去り、少しずつ野次馬も減っていった。茂蔵は太一郎のそばに戻った。

「かみさんらしき女が戸板と一緒についていった」

太一郎が言った。茂蔵は気づかなかった。少し離れていた太一郎の方がよく見えたようだ。

「五十くらいの人だったかな。もし運ばれていったのがその亭主なら、もしかすると……」

店の前にはまだ、数人が残って立ち話をしている。太一郎がそこへ近づいていったので、きっと声をかけて話を聞くつもりだろう、と思って茂蔵はついていった。

残っていたのは、近所のかみさん連中といった風情の女たちだった。言い争いでもするかのように大声で話している。

二人は少し離れたところで立ち止まった。わざわざ声をかけなくても話が聞けそうだったからである。

「だから、確かに見たんだよ。店主の八兵衛さんの足に黒いものが絡みつくのを」

「見間違いでしょ。あたしが振り返った時にはもう八兵衛さんは梯子段の下に倒れていたけど、そんな物はくっついてなかったわよ」

「あんたは振り向くのが遅いのよ」

どうやら八兵衛という男が梯子段から落ちたらしい。名前に八がついている。それに、足に絡みついた黒いもの、というのも気になる。

「あたしは正面から見てたんだ。裏口の方からさ、八兵衛さんが現れたんだよ。で、梯子段を上っていった。そうしたら黒いものが現れて……」

「それがおかしいのよ。あたしたちは外に立っていたわけでしょ。つまりあんたは、明るいところから暗い家の中を見たってことじゃない。そんな黒いものなんて、分かるわけないわ」

「だけど見えたんだからしょうがないじゃない」

うん、その通りだ、と茂蔵は心の中で頷いた。だからさっさと話を進めてほしい。

「だいたいね、その黒いものはどこから来たのよ」

「箱の中よ。八兵衛さんは箱を持って梯子段を上っていったの。そこから黒いものが出て、八兵衛さんの足に絡みついたのよ」

「馬鹿らしい。そんなことあるわけないじゃない」

茂蔵と太一郎は顔を見合わせた。お互いに頷き合う。ついに箱を捉えたのだ。

「あたしが見た時には、そんな箱なんてなかったわよ」

「だから、あんたは振り返るのが遅いのよ。箱は梯子段の向こう側に落ちたわ。あたしの所からだと見えたけど、あんたの所からだと見えづらかったかもしれないわね」

「何よ、あたしの立っていた場所が悪いって言うの」

そんなことは言っていないから早く話を進めてほしい、と思いながら茂蔵は再び聞き耳を立てた。

「それで、あんたが見たっていう黒いものは、どこに行ったのよ」

「箱の中に戻っていったわ」

「ますます馬鹿らしくなったわね。そんなことあるわけないじゃない」

疑っている方のかみさんが、少し横に動いてから店の方を覗き込んだ。

「場所を変えたって箱なんか見えないじゃない」

「八兵衛さんを運ぶ時に、お店の人が動かしたのよ。多分、邪魔だったからじゃないの」

「もうあんたは嘘ばっかり。八兵衛さんは足を滑らせただけでしょ。うらなりみたいにいつも青い顔をしている人なんだから。自分で転んだのよ」

「そう見えて八兵衛さん、若い頃は随分と女を泣かせたって噂よ」

「またそんな嘘を言うのね。あたしはそんな話、聞いたことないわ」

太一郎が歩き出した。かみさん連中から離れていく。

茂蔵はもう少し聞いていたかった。しかし若い男が二人でぼうっと突っ立っていたら、あのかみさんたちに怪しまれるかもしれない。ちょうどいい頃合いなのだろうと考えて、太一郎を追った。

「……八兵衛というのは、もしかして青八のことでしょうかねぇ」

かみさん連中から十分に離れた所で、茂蔵は太一郎に声をかけた。

「間違いないな」

太一郎は立ち止まり、茂蔵の方を向いて頷いた。

「備前屋さんの話の中にあった、寮で起きた火事の時にも同じことが起こっていた。梯子段を下りようとした人の足に髪の毛が絡みつき、頭から落ちてしまったってやつだ」

「八兵衛……青八は上る時でしたが、まあ他は同じでしょうねぇ。しかしそうなると、運ばれていった青八はもう……」

「助からないだろう」

太一郎は冷たい声で言い放った。表情も特に変わらなかった。青八などの、市兵衛の仲間だった男たちの死は仕方ないと考えているのかもしれない。

「それより、箱を取り戻さなければならないが……」

太一郎が、茂蔵の肩越しにさっきの店の方を見て、少し顔をしかめた。

茂蔵は振り返った。相変わらずあのかみさん連中はいて、まだ何か言い争っている。その横で、例の店の表戸が閉じられた。

「店の奉公人が閉めたみたいだな。多分、明日には忌中の紙が貼られる。しばらく開かないだろうな、あの表戸は」

「それはいいんですけどね、太一郎さん。これからどうしますかい。あの店にあると思われる箱を、どうやって取り戻すかってことですけど」

「ううむ……」

太一郎は考え込んだ。

茂蔵も一緒になって頭を捻った。弔いの中に混じって家に入り込み……は、さすがに無茶だ。それなら夜中に忍び込んで……はもっと駄目だ。

「まあ、弔いが終わった後で、古道具屋として訪れるのが一番だろう」

太一郎の方は、さすがにまっとうなやり方を提案した。

「気になる点は、少し間が空いてしまうことかな。さすがに葬式のすぐ後に行くってのはまずいだろう。しかし悠長に待つことはできない。先に他の古道具屋などに売られてしまったら大変だ。そのあたりを見定めなければならないな」

「それなら、あっしが見張りに立ちますよ」

もし他の古道具屋に売り払われたとしても、どこの店か分かれば平気だ。そこで箱を買うだけだからだ。楽な仕事である。

「そうか……それなら茂蔵に任せていいかな。念のため、伊平次さんに話しておくとするか。今なら鳴海屋のご隠居もいるかもしれないし」

「そうですね。それでは、日が暮れる前に戻るとしましょうか」

「まだ何か忘れている気もするが……」

「あっしも感じていますが、歩いているうちに思い出すでしょう。さっさと行きましょうや」

茂蔵と太一郎は歩き出した。巳之助のことは頭から抜けていた。

# 四

「……別にいいんだけどよ、俺は猫と遊んでいただけだから」

数日後のことである。久しぶりに顔を合わせた巳之助から、茂蔵は愚痴(ぐち)を言われた。

「だけどよ、寂しいじゃねえか。幼馴染(おさななじみ)と弟分から忘れ去られたんだぜ、俺は」

「へい、申しわけありません」

何か言い返しても、いっそう面倒臭くなるだけのような気がしたので、茂蔵はただ謝るだけだった。
「太一郎の方は、実は分かっていてわざと忘れたふりをしたのかもしれねぇ」
「しないよ」
太一郎も一緒にいる。例の青八がやっていた店の裏口の前だ。
思った通り、青八はあのまま死んでしまった。弔いが終わってから少し経ってい
る。茂蔵はその間、ずっと見張りに立っていた。昼間の間だけだが、他の古道具屋が
訪れた様子はまったくなかった。
「いや、猫が絡んでいるから、太一郎ならあり得る。しかし茂蔵、お前はそういうこ
とはしない野郎だ。つまり、本当に忘れたってことだ。ああ、寂しいねぇ」
「本当に申しわけありません」
こんなことを繰り返していても埒が明かない。茂蔵は強引に話を終わらせることに
した。
「そろそろ中に声をかけますぜ。ええと……ごめんください、どなたかいらっしゃい
ませんかぁ」
裏口の戸を少し開け、大声を張り上げた。
すぐに奥から、この店のかみさんが出てきた。

「手前どもは皆塵堂という古道具屋の者でございます。何かご用がありましたら、と存じまして、お声をかけさせてもらいました。いらない物なら何でも買い取らせていただきます」

「あら、古道具屋さん？　ちょうどよかったわ。亭主が少し前に亡くなってね、片付けをしようと思っていたのよ」

「はあ、それはご愁傷様でございます。それで……どのような物を売ってくださいますのでしょうか」

かみさんは奥に引っ込むと、青八が使っていたと思われる物を次々と運んできた。茶碗や湯飲み、徳利などから始まり、手拭い、枕、下駄、扇子、笠に蓑……。

しかし肝心の、例の箱は一向に姿を現さなかった。

「こんなものかしらね」

「え……終わりでございますか」

「そうよ。文句あるの」

参った。皆塵堂に腐るほどある物がさらに増えただけだった。

茂蔵は、どうしましょうか、という目で太一郎を見た。

太一郎は首を傾げている。いい手が浮かばないようだ。

　すると、ここで巳之助がずいっと前に出た。体が大きく、顔も鬼のように怖いので、かみさんは少したじろいで半歩下がった。

「な、なによ」

「おかみさん。ちょいとお訊ねしますけど……ご亭主が亡くなった時、箱を持っていませんでしたかい。実は、それが一番欲しい物でしてね。ぜひ売ってもらいたいんだよ」

　さすがは巳之助である。正面から突っ込んでいった。そこには何の捻りもない。当たって砕けろ、という男らしい行動である。

　が、茂蔵も太一郎も、こうやって巳之助が砕けた姿を何度か見ていた。今回はやめてくれ、という思いでかみさんを見守った。

「……ああ、あれなら捨てたわよ」

「す、捨てたって……」

「だって薄気味悪いものが入っているんだもの。いらないわよ、あんな箱」

「ど、どこに」

「裏長屋の掃き溜め」

　茂蔵と巳之助は走った。長屋の路地を駆け抜け、井戸や物干し場がある場所に出る。掃き溜めはその隅に、厠と並んであった。

「どうですかい、巳之助さん」

「箱なんてねぇぜ。ものの見事にごみしかねぇ」

「そりゃまあ、そういう場所ですから」

念のため、厠の裏や井戸の向こう側など、捜せる所は捜してみた。しかしあの箱はどこにもなかった。

長屋の路地をとぼとぼと戻っていくと、こちらへやってくる太一郎と顔を合わせた。

「買い取り代は俺が払っといたよ」

太一郎は籠を背負っていた。その中に、青八のかみさんが出してきた古道具が入っていた。

「は、はあ……ありがとうございます。それで、どうしましょうか」

「銀杏屋ではいらないから、茂蔵が皆塵堂に持っていってくれ」

「ああ、いや、その古道具のことじゃなくて……箱のことです」

「ううむ、それか……」

太一郎は口をつぐんだ。何の策も浮かばないらしい。

「まあ、仕方ありません。掃き溜めから箱を持っていった人がいるわけですから、まずその人を探しましょうよ。だから、がっかりしないでください」

「いや、それを言うなら俺より茂蔵だろう」

「どうしてあっしが……ああっ」

そうだ。大黒屋に戻れる日が遠くなったのだ。

くそっ、あと一歩だったのに。

惜しかっただけに、茂蔵は心底がっかりした。

それにまだ、太一郎から言われた「もう一段上の遊び人」ってやつが何たるかも分かっていない。知っていそうな人に会ったら訊ねようと思っていたが、源六や富蔵といった、遊び人とはほど遠い、癖のある爺さんにしかお目にかからなかった。

苦難の日々がまだ続きそうだ。茂蔵は泣きそうな思いで天を仰いだ。

# 死神憑(つ)き

―

「昼前までに仕事を終わらせてしまう巳之助さんはいいとして、太一ちゃんが不思議なんだよね。銀杏屋という立派な店の主なわけでしょう。それなのに、どうして毎日、箱捜しに付き合うことができるの？」

　もっともな疑問が峰吉の口から投げかけられた。これに対して太一郎は、ただ「むむっ」と唸って口をつぐんだだけだった。

「銀杏屋さんには番頭さんがいるから、太一ちゃんがいなくても仕事はどうにかなる。それは分かるけどさ、太一ちゃんはまだ、銀杏屋を継いだばかりでしょう。こんなことでいいのかなぁ。仕事に対する姿勢とか、お得意様に対する立場とか、そういう部分で」

「むむむ」

太一郎が再び唸った。

皆塵堂の作業場である。いつものように峰吉が古道具の修繕をしている。その前を、店を訪れた太一郎が這いながら通り過ぎようとしたところだ。その背中にはむろん、鮹助が乗っている。だから進むのは遅い。

「いつもは巳之助さんと一緒に、昼過ぎになってから来るのに、今日なんかその前に一人でやってきたよね。まだ四つだよ」

太一郎が救いを求めるような目で、皆塵堂の奥の座敷を見た。茂蔵の他に、伊平次と、やはり早々に皆塵堂にやってきた清左衛門がいる。茂蔵は太一郎が進むのを手伝おうかと思ったが、他の二人が何も言わないで楽しそうに眺めているので、差し出がましいことはしない方がいいと考え直した。

「おいらはさ、どうも太一ちゃんは逃げていると思うんだよね。仕事から、じゃなくて、何か別のことから」

「ぐぬう」

太一郎はやっと作業場を通り抜け、隣の部屋に入った。

「まあ、巳之助さんに訊ねれば分かることだけどね。いや、毎年のことだから別に訊かなくてもいいんだけどさ」

「ううう」

太一郎はようやく茂蔵たちのいる、奥の座敷にたどり着いた。お疲れ様でございます、という茂蔵の声と同時に、力尽きたようにぐったりした。

「なるほど。今年もあれが始まるのか」

清左衛門が納得している。

「まあ、俺はたまに連中の長屋に顔を出すので知ってましたけどね。もうすぐですよ」

伊平次が笑った。

この二人は分かっているようだが、茂蔵はまだ話が飲み込めていない。

「いったい何が始まるって言うんですかい」

茂蔵はみんなの顔を見回しながら訊ねた。

「地獄の宴だ」

「春のお祭りだよ」

太一郎と峰吉が同時に口を開いた。しかし言っている内容はまったく違う。茂蔵は困惑した。

「春と秋の二回あってもいいと思うんだが、あそこのは春だけだな。不思議だ」

清左衛門が首を傾げながら呟いた。まだ茂蔵には何のことか分からない。

「ついこの間、よそで生まれたのを巳之助がいったん預かっていたよな。五匹ほど」

この呟きで、茂蔵にも少し話の内容が見えてきた。

「生まれてふた月ほどの猫だった。連中の長屋のがもうすぐ生まれるなら、三ヵ月ほどのずれか。猫によって差が出るものだな」

清左衛門はもうすべて言ってしまっている。当然これで茂蔵も分かった。鬼猫長屋で、もうすぐ子猫が生まれるのだ。

確かに、猫が苦手な太一郎にとっては地獄かもしれない。しかし、それにしてもまだ生まれる前だ。逃げ腰になるには早すぎる。

「幽霊が相手の時は頼りになるのに……」

茂蔵は、座敷の入り口で力尽き、うつ伏せに倒れている太一郎に目をやった。鮪助がその背中の上で毛づくろいをしている。何とも間の抜けた光景である。

作業場で音がしたのでそちらへ目を移した。峰吉が立ち上がり、こちらへ向かって歩いてくる。黙って見守っていると、峰吉は太一郎の横を通り抜け、座敷の奥の方にいた伊平次の前に座った。

「お願いがあるんだけど」

「峰吉の頼みか。それは怖いな」

伊平次が答えながら煙草盆に手を伸ばした。

「とりあえず言ってみな」

「そろそろおいらも店番ばかりじゃなく、外へ出て古道具を買い取って歩く仕事もしてみたいんだよね」

伊平次は煙管に葉煙草を詰めて火を点けた。

「……まだ早いんじゃないか」

「一人ならね。でもちょうど太一ちゃんたちが、あちこちうろついているところでしょう。それについていって、ついでに古道具の買い取りをすればいいと思うんだ」

「あいつらは女の人の幽霊が取り憑いている箱を捜しているんだぜ。古道具屋の仕事じゃなくて」

「でもこの間、がらくたを買い取ってきたよ」

青八のかみさんから買った品のことを言っているようだ。

「近頃うちの店に入ってくるのは、そんなのばかりだから、つまんないんだよね。幽霊すら憑いてない。どうでもいい品物ばかりだ。おいらなら、もっといい物を買い取れそうな気がするんだけど」

「そんなに甘くはないよ」

伊平次は、ふうっ、と煙を吐き出した。脈はなさそうだ。峰吉はまだ当分、店番小僧だろうなと茂蔵が思っていると、清左衛門が横から口を挟んだ。

「儂は、峰吉が外に出るのは構わないと思うよ。伊平次の言うように甘くないのは確かだ。しかし、むしろその方がいい。仕事の大変さを身をもって知るのは大事なことだ」

峰吉が目を輝かせながら、うんうんと頷いている。

「それにね、何かあっても太一郎たちがいるんだから心配なかろう。茂蔵はともかく、太一郎と巳之助は、何だかんだ言ってもそれなりに頼りになるからね」

「しかしですね、ご隠居。今、連中が捜している箱は怖いんですよ。茂蔵なんか襲われかけた。もし同じような目に峰吉が遭ったらどうするんですかい」

「峰吉なら平気だろう」

「……まあ、俺もそう思いますけどね。いざとなったら茂蔵を盾にして逃げるに違いない」

峰吉なら本当にやりかねない。茂蔵は少し顔をしかめた。

「とにかく一度、外で苦労させるのも峰吉のためになると儂は思うんだ。とりあえず今回の件の間だけ、峰吉を太一郎たちに同行させてみないか」

「ご隠居がそうおっしゃるなら、俺は構いませんよ。他の連中がどう言うかは分かりませんが」

伊平次は茂蔵の顔を見た。

「大親分……じゃなかった、鳴海屋のご隠居様のおっしゃることですから、あっしからは何もございません」

「ふうん。太一郎はどうだ」

「鮪助をどかしてください。そうしてくれたら何でも言うことを聞きます」

「巳之助は……まあ、あいつも反対することはないだろう。峰吉、そういうことだから今回の件が終わるまで、つまり髪の毛の入った箱が見つかるまでの間は連中と一緒に歩き回っていいぞ。危ない目に遭いそうだったらすぐに逃げるように」

「ありがとうございます」

峰吉は伊平次と清左衛門にそれぞれ礼を述べた。客に見せる時のような愛嬌のある可愛らしい笑顔をしているのは見ていて微笑ましかった。ただし、その後で「よし、儲（もう）けるぞ」と低い声で言ったのは少し怖かった。

## 二

「ああ、本当にもうすぐ生まれそうだね」

峰吉がそっと猫を撫（な）でながら言った。

浅草阿部川町（あべかわちょう）にある、鬼猫長屋である。茂蔵と太一郎、そして峰吉は、巳之助と落ち合うために皆塵堂からこちらに移っていた。すでに巳之助は仕事を終えて長屋に戻り、いつでも箱捜しに出かけられる形になっている。しかし、峰吉が「もうちょっと」と言って猫を見続けているのだ。

だが、それは別にいい。その様子を茂蔵と巳之助は笑みを浮かべながら眺めている。気になるのは、その隣で一緒になって笑っている男である。

「どうして伊平次さんが今、ここにいるんですかい」

鬼猫長屋に着いてしばらくすると、釣りの道具を一式持った伊平次がのこのこと現れたのである。

「皆塵堂はどうするんですかい、店番の小僧はここにいるんですぜ」

「多分、鳴海屋のご隠居がしてるんじゃないかな。俺は小便をしに行くふりをしてこっそり抜け出してきたんだ」

鳴海屋は、お上のご用も請け負っている江戸屈指の材木問屋だ。そこのご隠居様にあんな所の店番をさせるとは……。しかもそれは自分が釣りに出かけるためだ。遊び人と呼ばれた茂蔵もびっくりである。

「じゃあ、俺は釣りに行くから」

伊平次は猫を驚かさないようにゆっくりとその場を離れていった。

峰吉が外へ仕事に出ることに、あまりいい顔をしなかったのは、自分が釣りに行けないからなのだろうな、と呆れながら茂蔵はその背中を見送った。

目を峰吉の方に戻すと、飽きる様子もなく猫を眺めていた。

「本当はここの猫が見たいから外に出してもらったんじゃないのかい」

茂蔵は訊ねてみた。すると峰吉は「まあね」と猫を撫でながら答えた。

「古道具の買い付けが甘くないのは分かってる。そっちは、まあ、うまくいけばいいな、くらいの気持ちだよ」

「ふうん」

そのわりにはここに来るまで、途中に建つ家の一軒一軒をまるで値踏みするかのような目で見ていた。内心では、どこかで高く売れそうな品を買い付けてやる、と思っているに違いない。

　この小僧なら本当にやりかねん、と思いながら茂蔵は足下に目を移した。長屋にいる六匹の猫のうち、五匹が集まっていた。名前はもう巳之助に教えてもらっている。黒いのが黒兵衛で、茶と白が交じっているのが茶四郎だ。どちらも雄で、名付け親は巳之助である。見たままの名であるところがいかにも巳之助らしい。

　その他に雄はもう一匹いる。雷鼓という名の雉猫で、こちらの名を付けたのは清左衛門だ。

　残りの二匹が雌の猫ということになる。木立と日和という。言うまでもなく、これも清左衛門が付けた名である。

　この、二匹の雌猫の腹が膨らんでいるのが分かる。巳之助の見立てでは、あと十日から半月といったあたりだそうだ。

　鬼猫長屋には他にもう一匹、雌猫がいる。これは裏長屋ではなく、表店で飼われている。太一郎のいる銀杏屋だ。苦手なくせに猫を飼っているのだ。

　その猫は白助という。茂蔵はまだ見ていないが、この猫の腹も大きいらしい。やはり木立や日和と同じ頃に生むのではないか、という話だった。

「何匹くらい生まれるでしょうかねぇ」

茂蔵は、少し後ろに立って峰吉の様子を眺めている巳之助に訊ねてみた。

「前の時は、ええと、白助と木立、日和の三匹が産んだのを合わせて、全部で十二匹だったかな」

「なるほど。確かそこからは猫太郎、猫次郎と名付けていったんでしたよね。猫十二郎まで生まれたわけだ。次は猫十三郎からですかい」

「いや、違う。その後で、余所の子猫を拾ったり託されたりして、猫十九郎までいってるんだよ。だから次は、猫二十郎からだ」

「そうなると、今回は猫三十郎くらいまではいくかもしれませんねぇ」

「うむ、俺はそれを楽しみにしているんだ。猫三十郎。なんか、格好よくないか。強そうに感じる」

「そ、そうですかねぇ……」

茂蔵にはよく分からなかった。

「もちろん、生まれくるすべての子猫を楽しみにしているぜ。猫三十郎については、それとは別に名前を気に入っているわけだ。だから、もし余所で飼われることになっても、名前は変えないように頼むつもりだ」

富蔵のところで猫八郎が浅間になったように飼い主が新たな名を付けるのではなく、そのままで引き取ってほしいということらしい。

だが猫三十郎……気に入らない人もいるだろう。

「それならいっそのこと、猫三十郎はこの長屋で飼ったらどうですかい」

「猫三十郎の飼い主に相応しい人物が見つからなければ、そうするつもりだ。だが、この広い江戸には必ず、そういう者がいると思うんだよな」

「は、はあ……」

猫三十郎に相応しい人物とは何だ？

「もし猫をいじめている人がいたら、俺は当然やめさせる。場合によっては殴る。たとえ相手が刃物を持っていようが、それは変わらん。そういう、体を張ってでも猫を守る者に、俺は猫三十郎を託したいんだ」

「いますかねぇ、そんな人」

いじめているのを言葉で叱ってやめさせる者はたくさんいるだろう。しかし体を張ってまで猫を助けようとする人が、そうそう見つかるだろうか。

「必ずいる。もうここに二人いるんだから、三人目も出てくるはずだ」

「ここに二人とは……まさか峰吉が」

「お前だよ。忘れたのか」

「あ……ああ。いや、あれは子供の頃の話ですぜ」

近所の悪餓鬼たちが猫を棒で叩いて遊んでいたところに、ばったり出くわしてしまったのだ。悪餓鬼たちは、茂蔵にも猫を棒で叩くように強要した。茂蔵は言うことを聞くふりをして、反対にその悪餓鬼たちを棒で叩いてやったのである。

残念ながらすぐに反撃を食らい、茂蔵は散々な目に遭った。巳之助はその時のことを言っているようだ。

その猫の飼い主が名人と言われた彫物大工の爺さんで、その一件の後で茂蔵に観音像をくれた。それが大黒屋にあった、あの割れてしまった観音像である。

「子供の頃だろうが何だろうが、猫のために体を張ったのは変わらん。そういう気概のある者に、俺は猫三十郎をもらってほしいと考えているわけだ」

「なるほど……」

それは難しそうだ。猫三十郎は多分、この長屋で飼われることになりそうだな、と茂蔵は思った。

「……さて峰吉。そろそろここの猫を撫でるのはやめにして、箱捜しに出かけようじゃないか。太一郎を迎えに行ってさ」

猫が五匹もいるので、太一郎はなかなかこの裏店に来たがらない。だから今は銀杏屋の方にいる。

「思ったんだけどさ、巳之助さんは猫好きなのに、飼い猫を猫っ可愛がりしないよね」

峰吉が立ち上がりながら訊ねた。

「ここで五匹も猫を飼っているのに、余所の猫を見るために毎日出歩いているし」

「そりゃ俺は、この世の猫をすべて等しく可愛がっているからな。なんならあの世の猫を含めてもいいぜ」

「ふうん。さすが……」

猫馬鹿、と小さい声で呟いて峰吉は歩き出した。より近い場所に立っていた茂蔵には何とか聞こえたが、少し後ろにいる巳之助の耳には入らなかっただろう。

いろいろな意味で器用な小僧だ、と茂蔵は舌を巻いた。

再び太一郎が加わり、四人になった一行は、あの死んだ青八が住んでいた本所相生(ほんじょあいおい)町(ちょう)の三丁目を訪れた。

これは、まだ箱はその町から出ていない、という太一郎の意見があったためだった。青八は箱から出てきたお此の髪の毛に足を取られ、梯子段を頭から転げ落ちて死んだ。つまり箱の蓋が開いたのだ。茂蔵が不器用に結んだ紐は解かれたということである。

多分、紐はそのまま捨てられたのだろう。今、あの箱の蓋は容易に開くようになっている。これは危ない状態であるが、太一郎はそのお蔭で箱のある場所を感じとり易くなったらしい。

まだ正確な場所を言い当てることはできないが、かなり近づけば分かると思う、と太一郎は言ったのだ。

「……で、こうして相生町三丁目だけをぐるぐる回っているわけですが、太一郎さん、本当にここにあるんですかい」

さすがに飽きてしまった茂蔵は口を尖らせた。

「もうここは諦めて、違う町を歩いた方がいいんじゃありませんかねぇ。少なくとも古道具屋は回った方が間違いなくいいと思いますぜ」

聞いているのかいないのか、太一郎は横に建っている大きな店をぼんやりと眺めている。

「青八のかみさんは、あの箱を長屋の掃き溜めに捨てた。ところが、あっしたちが見に行った時にはなかった。誰かが拾ったのだと思いますが、それなら次にその人はどうするか。やはり古道具屋に売ると思いますぜ」

もちろん今頃はもうその古道具屋ではなく、別の人の許に売られてしまっているだろう。そこからさらに数人の手を経てしまっているかもしれない。捜し出すのは困難だが、手掛かりは古道具屋だけだ。面倒でもそこから始めて、一人一人たどっていくしかあるまい。

「……髪の毛はどうなる？」

太一郎が口を開いた。

「蓋はもう容易に開くようになっていると思う。古道具屋は中を改めるんじゃないかな。すると髪の毛が入っている。そのまま売ればいいが、気味が悪いからと出してしまうかもしれない」

「そうなると……」

髪の毛の使い道など、かつらか付け毛にするしかない。そういう店は……。

「かもじ屋なども回った方がいいということですかねぇ。髪の毛だけそちらに売られているかもしれないから」

「それでは困るんだよ」

「誰がですかい」

「お此さんだ。せめて次の相手……一番恨んでいるやつは最後に回すだろうから、きっと赤八とかいうやつが次になるだろうが、そいつの息の根を止めるまでは箱の中にいると思うんだ。だから古道具屋の手に渡るのは避けると思う」

「つまり、まだこの辺にあると。どこなんでしょうかねぇ。そこは」

「あそこだよ。ようやく感じ取ることができた」

太一郎が腕を上げ、横にある大店(おおだな)を指差した。

いや、正しく言うとその店の裏の方を指した。蔵が数棟建っているが、そのうちの一棟に指を向けたのだ。

「ほう、ここは呉服屋だな」

巳之助が店の看板を見て言った。

「戸倉屋(とくらや)っていうのか。大きな店だ」

看板から裏にある蔵へと巳之助の目が移る。

「ならばあの中は商品の反物だ。得体のしれない箱なんて置かないと思うが……まあ、太一郎が言うんだから、あるんだろうな。裏口に回ってみるか」

茂蔵と峰吉は頷いた。太一郎は黙って、裏口の方へとさっさと歩き出した。

まさかあっさり中に通されるとは思っていなかったので、茂蔵と巳之助は狼狽えていた。

こういう店に入る際は、だいたい一悶着あるのが常だ。例えば備前屋の時も、茂蔵は番頭に一度、追い払われている。

今回は、四人は、古道具の買い付けに来たという体で戸倉屋を訪れた。これは嘘ではない。少なくとも峰吉は本気だ。

ただ、古道具の買い付けは、うまくいかないことの方が多い。だから初めから期待はせず、とりあえずやってみて、駄目なら別の手を考えようと思っていた。それなのになぜか座敷に通されてしまったので、戸惑っているのだ。

「……おいこら茂蔵。お前ちゃんと『古道具の買い付けだ』と言ったんだろうな」

「もちろんですぜ。皆塵堂という名も出しました。巳之助さんだって後ろで聞いていたでしょうに」

「そうだった。ううむ、何かの罠じゃなければいいけどな」

太一郎と峰吉は落ち着いている。特に峰吉は、この座敷の床の間にある値の張りそうな壺や掛け軸、置物などを、口元に薄気味悪い笑みを浮かべながら眺めている。

そのうち涎を垂らすんじゃないかな、と思っていると、その峰吉がすっと居住まいを正した。笑みから薄気味悪さが消え、愛嬌に溢れた可愛らしいものに替わる。皆塵堂で客の相手をする時の顔だ。

少しして、襖の外から足音が聞こえてきた。茂蔵たちも背筋を伸ばす。さすが峰吉は、他の者よりはるかに耳が利く、と茂蔵は改めて舌を巻いた。

襖が開き、足音の主が座敷に入ってきた。五十くらいの年の男だ。表情は柔らかいが、貫禄というものも感じさせる顔付きである。

「ようこそいらっしゃいました。私はこの戸倉屋の主で、名を藤右衛門と申します」

思った通り店の主だった。

「私どもは古道具の買い付けに参りました」

この手のちゃんとした店の旦那の相手はもちろん太一郎である。

「このような立派なお座敷に通されるような者では決してございません。話を通す時に何か誤解があったのではないかと気を揉んでいます」

「ああ、ご懸念には及びません。皆塵堂という店の者が古道具の買い付けに参りました、と最初にみなさんの応対に出た女中が、確かに私にそう伝えています」

「なるほど。少し安心しました。しかし、それではなぜこのような座敷に通されたのでしょうか。裏口の前や、庭の隅で相手をしていただくだけでも十分なのでございますが。何か、よほど値の張る物を売りたいということでしょうか」

藤右衛門は申しわけなさそうに首を振った。

「いや、古道具を売りたいわけではなく、お話をしたいと考えて、こちらにお通ししたのです」

「……いったいどういう話でございましょう」

「それは後ほどのこととして、喋っているあなたは……銀杏屋の主の、太一郎さんですね。幽霊が見えてしまうとかいう」

「は……」

太一郎は言葉を止め、横目で茂蔵を見た。

茂蔵は首を傾げた。裏口で女中と話をしたのは自分だが、その際、皆塵堂という屋号しか伝えていない。銀杏屋の名は告げなかった。むろん、太一郎という名も出していない。

太一郎は目を正面に戻した、藤右衛門の顔をじっと見る。

「……申しわけありません。どこでお会いしたのか、思い出せません」

「ああ、いや。お目にかかるのは初めてです。どうか気になさいませぬよう。それから、隣にいる体の大きな方」

　藤右衛門は巳之助へ目を動かした。

「あなたは棒手振りの魚屋の、巳之助さんでございましょう。とにかく喧嘩が強いとか」

「あ、ああ……」

　巳之助は目を丸くしながら、やはり藤右衛門の顔をじっと見た。

「……す、すまねぇ。棒手振りはたくさんの人に会うものだから……」

「いえ、太一郎さんと同様、お会いするのは初めてです」

　藤右衛門はさらに目を動かした。茂蔵は顔を引き締めた。

　しかし藤右衛門の目は茂蔵を通り過ぎ、峰吉へと移ってしまった。

「皆塵堂の、峰吉という名の小僧さんだね。お客様が相手だともの凄く愛想がいいが、そうでない者にはひどく無愛想で、憎まれ口を叩くとか」

　峰吉は愛嬌のある笑みを浮かべながら首を縦に動かした。さすがだ。ここまでの藤右衛門の言葉に内心では困惑を感じていると思うが、おくびにも出さない。大店の主である藤右衛門を、あくまでも古道具屋の客として見ているのだろう。

　藤右衛門の目が戻ってきて、茂蔵の顔で止まった。今度こそ自分だ、と茂蔵は姿勢を正した。

　ところが、藤右衛門の目がすぐにまた動き始めた。太一郎の所まで戻っていく。

「ちょ、ちょっと待ってくだせぇ、旦那さん。あの……あっしのことは」

「申しわけございません。そちら様のことは、ちょっと……」

「小僧の峰吉を知っていて、あっしを知らないって……茂蔵と申しますが、ご存じありませんかい。『遊び人の茂蔵』と呼ばれて周りから笑われ……ああ、いや、恐れられた……」

「知りませんな」

　藤右衛門はあっさりと告げて、顔を太一郎に向けた。

「驚かせてしまって申しわけありません。お会いするのは初めてですが、みなさんのことはよく耳にしていたのです。種を明かしてしまうと私は鳴海屋のご隠居様と知り合いなのですよ。私がまだ今の銀杏屋さんの年くらいだった頃からの付き合いですので、かれこれ二十五、六年になりますか」

「なるほど、ご隠居様から私どもの話を聞いていたわけですか」

「まさに今いるこの座敷で、よく話を伺っておりました。もっとも、近頃はお見えになっていません。隠居したとはいえ、あれだけの大店を動かしてきた方ですからね。

きっとまだ何かとお忙しいのでしょう。今頃、何をなさっていることやら」

多分、皆塵堂の店番をしている。

「銀杏屋さんのことや、巳之助さん、小僧さんの話を、本当に楽しく聞かせていただきました。それで、女中から皆塵堂の名を聞いた時に、すぐにお通しするように伝えたのです」

「はあ、ありがとうございます。私どものことをよく知った上で、『お話をしたいと考えて』こちらに通した、というわけですね。それが、ただの世間話ならいいのですが……」

太一郎は藤右衛門の顔を見つめながら小首を傾げた。

「……そうではなくて、頼み事があるとか、そういう話ではないのですか」

「ほう。どうしてそう思われましたか」

「私の名を言った後で、幽霊が見えることについても述べられたからです。それで、その手の相談があるのではないか、と思ったのです」

「ふむ……なかなか鋭い」

また面倒なことを、と茂蔵はうんざりした。ただでさえ今は例のお此の件で手一杯なのだ。余計な世話を焼いている暇などない。断ってしまえ、と茂蔵は太一郎に念を送った。

「それで……私の頼みを聞いてくださる気は、おありなのでしょうか」

「お礼の品さえいただければ」

「ほほう、意外なことをおっしゃる。鳴海屋のご隠居様から伺った話から受けた印象では、銀杏屋さんはあまりそういうことを言わない方だと感じておりました」

「この戸倉屋さんの中に、どうしても欲しい物がございまして」

ああ、なるほど。これは断ってはいけない、と茂蔵は思い直した。太一郎は、蔵の中にあると思われる、あの箱を要求するつもりなのだ。さすがである。

「ふうむ、欲しい物がここに……。人の命とか、あるいはこの店を譲れとか、そういう無理難題は困りますよ。それから、商いに関わる物もご勘弁願いたい」

「もちろんです。私が欲しいのは『物』ですし、それは呉服屋さんの商いには関わりありません。無理難題ということはないでしょう」

「承知しました。それでは、もし私どもが抱えている悩みを消してくださったならば、この戸倉屋にある物は何でも差し上げます」

藤右衛門は頭を下げた。

「それでは、さっそくお話しいたします。頼み事というのは私の倅(せがれ)のことでございます。喜三郎と言いまして、今年で十八になりました。堅物と言ってもいいくらい真面目な男でございまして、自分の倅でありながら、面白味のない野郎だ、と感じてしまうことがあるくらいです」

「いや、それくらいの方がいいと思いますよ。周りから『遊び人』と呼ばれるような人間になるよりよほどいい」

「いや、それでも気楽に生きているのなら、遊び人の方がましかもしれません。その喜三郎はうちの跡取り息子でして、すでに同じ町内に許婚もございます。年は十六、なかなかの器量よしの娘さんなのですが、こちらも喜三郎と同じように、人柄は真面目で、少し堅い感じを受ける。しかし、お似合いと言えなくもない二人だと、親としては思っておりまして……」

「けっ、羨ましい話だぜ」

吐き捨てるような声が聞こえた。巳之助である。思わず心の声が外に漏れてしまったようだ。

「……まあ、真面目すぎるという欠点はございますが、倅は順風満帆な人生を歩んでいたと申し上げてよろしいでしょう。しかしそれが突然、暗礁に乗り上げたのでございます。今からひと月ほど前、喜三郎は梁に縄をかけて首を吊ろうとしたのです」

茂蔵は「うわっ」と小さく声を出した。まさかそんな話になるとは思わなかったので驚いたのだ。しかし左右を見てみると、太一郎や峰吉はもちろん、巳之助ですら顔色一つ変えていなかった。

話の腰を折ってしまったようだ。茂蔵は首を竦めながら、続きをどうぞ、という風に藤右衛門に向けて手を前に出した。

「……そちらの方は驚かれたようですが、むろん私どもも同じでした。いきなりのことでしたから。しかし、話を聞いてみるとそうではありませんでした。喜三郎によると、それまでにも、不意に死にたくなることがあったそうなのです。ずっと耐えていたが、我慢しきれなくなって縄をかけてしまった、ということらしい」

「喜三郎さんがそうなった原因に、何か心当たりはおありですか」

太一郎が訊くと、藤右衛門は即座に首を振った。恐らくこれまで何度もその原因について考え抜いたのだろう。それでも、何も思い当たらないという結論に達した。だからすぐに首を振れたのだ。

「ただ、喜三郎が一つだけ妙なことを言っておりました。夢を見る、というのです。見知らぬ老人が出てきて、喜三郎に死ぬように言う夢だそうです。喜三郎はその老人のことを、死神と呼んでいました」

「なるほど。つまり死神に取り憑かれたせいで、死にたがるようになってしまった、というわけですね。不意に、とおっしゃっていましたが、突然襲ってくるということでしょうか」

「初めのうちはそうだったようです。しかしだんだんと『死にたい』という気持ちが大きくなっていき、常にそういう思いを抱くようになったと言っていました。今ではそこからさらに進んで、自分は『死ななければならない』という思いに変わったそうです」

「それは穏やかではありませんね。それで、喜三郎さんは今、どちらにいらっしゃるのでしょうか。こちらの店ですか」

「気分を変えたほうがいいのではないかと考え、戸倉屋から出しました。初めは眺めのいい向島（むこうじま）や根津（ねづ）の辺りに寮か何かを買って、そこに行かせようと思いました。しかし、なるべく多くの目で見張っていた方がいいと考えまして、とある裏長屋に部屋を借りてそこに住まわせています。古くから知っている人が大家をしている長屋です。九尺二間の棟割（むねわり）長屋が二棟並んでいましてね。喜三郎は真ん中辺りの部屋です。その部屋を囲っている八つの部屋……路地を挟んだ向かい側の三つも含めてということですが、すべて見張りの者が入っています」

息が詰まりそうだ。自分なら、むしろそれが原因で死にたくなる、と茂蔵は思った。

「住む場所を変えれば、もしかしたら妙な夢を見なくなるかもしれない。そういう期待もあったのですが、残念ながら今も喜三郎は死神の夢を見続けているそうです」

「ううむ。果たしてお力になれるかどうか分かりませんが、早めに喜三郎さんに会った方がよさそうです。これからすぐに向かいますが……お礼の品の件はよろしくお願いいたします」

「はい。喜三郎がよくなったと感じられればお渡しします。この戸倉屋にある物は何でも差し上げましょう。喜三郎のいる長屋は深川(ふかがわ)八名川町(やながわちょう)です。店の者に案内させますので、しばらくお待ちください」

藤右衛門が座敷を出ていった。残された四人は、一斉に腕を上げて伸びをした。

## 三

「……夢の中は真っ暗でございまして、そこに蠟燭(ろうそく)が何本か立っているのです」

茂蔵たちは深川八名川町の裏長屋に来ている。言うまでもなく喜三郎の部屋だ。狭いので、太一郎と峰吉は部屋に上がったが、巳之助は土間に立ち、茂蔵は外から戸口に首だけ入れて喜三郎の話を聞いている。

「正面に一人だけ、老人が立っています。垢じみた着物の、無精ひげを生やしたみすぼらしい年寄りです。そいつが私に向かって『このまま生きていても、何も面白いことはない』『お前は役立たずだとみんな言っている』『戸倉屋のために死んだ方がいい』などと馬鹿にしたような口ぶりで言うのです。私はそれを黙って聞いている。そんな夢です」

喜三郎は、はあ、と溜め息をついた。

陰気だな、と思いながら、茂蔵は部屋の中を見回した。奥の壁際に箪笥がある。身の回りの物はすべてそこに入れているようだ。他には行灯と、今は隅に畳まれている夜具しか見当たらない。土間も、使われていそうなのは水瓶だけだ。飯は三度とも大家が運んでくるらしい。だからこれだけで十分なのだろう。

「その夢の中の年寄り……私は『死神』と呼んでいますが、そいつの足下にも一本、蠟燭が立っています。死神が言うには、それは私の命の灯なのだそうです。それが消えれば命も終わると……まあ、ありがちな話です」

うむ、と茂蔵は頷いた。確かにどこかで聞いたことのあるような話だ。

ただ、その夢のせいで喜三郎の命が削られているような気がして気味が悪かった。喜三郎はひどく痩せているのだ。大家の運んでくる飯がまずいということはあるまい。多分、食い物が碌に喉を通らないのだろう。

「ちょっとお伺いしますが……」

太一郎が口を開いた。

「その蠟燭の長さはどのくらいですか。喜三郎さんのだけでなく、他にも立っているという蠟燭の長さを教えてください」

「他の蠟燭の長さは様々です。長いのもあれば、短いのもある。私の蠟燭は……少し短いかな、というくらいの長さです」

「もしそれが寿命だとしたら、あとどれくらいだと思いますか」

「ううん……五年か、十年か……」

喜三郎は必死に頭を捻っている。

確かに真面目そうだ。それは悪いことではないが、陰気なのが気になる。病は気からと言うし、嘘でも明るくしていればいいのに、と調子のよさだけが取り柄の茂蔵はそう思った。

自分がいてもどうしようもなさそうだ、と考えた茂蔵は、首を戸口の外に出した。

そこは二棟の棟割長屋に挟まれた細い路地だ。

一人で先に帰るわけにはいかない。茂蔵は長屋の木戸口と反対の方へ向かって歩いてみた。

路地を抜けるとそこは物干し場だった。厠（かわや）や井戸もここにある。せっかくだから、と茂蔵は厠に入って小便をした。それから物干し場の真ん中に立ち、唸り声を上げながら思いっきり伸びをした。

「なんでぇ、まるで喜三郎の話がつまらないみてぇじゃねぇか。途中で抜け出しやがって」

後ろから声がした。声と口調で振り返らなくても誰か分かる。

「そう言う巳之助さんだって、ここにいるじゃありませんか」

「あの後、許婚の娘さんの話になったからさ。たまに喜三郎の様子を見に、ここに来るんだと。もちろん一人じゃねぇぜ。母親と来るらしい。これはその娘の母親の時もあるし、喜三郎の母親の時もある。他にも、店の若い女中がくっついてくることもあるらしい。まあ、連中にしてみれば、喜三郎を励ましているつもりなんだろうよ。だけど喜三郎の方としちゃ、どんな顔をすればいいのか分からない。だから戸口の所で立ち話するだけで、早々に帰ってもらう……なんて話をぼそぼそと喋るもんだからさ。羨ましいやら気の毒やらで、いたたまれなくなって出てきちまった」

いかにも巳之助らしい話である。ただ、そう言うと殴られそうなので、「はあ」とだけ返事をしておいた。

まだ話は長くかかるのだろうか、と路地の方に目をやると、驚いたことに太一郎と峰吉が部屋から出てきた。思いのほか早かった。

茂蔵たちがこちらにいるのを見つけ、二人は物干し場の方へ歩いてきた。

「やっぱり取り憑かれているんですかねぇ、死神に」

茂蔵は太一郎に訊ねてみた。

「ううん、どうかな。そもそも死神ってのがよく分からないんだよ」

「そんなぁ……太一郎さんがそんなだと困りますぜ。これは、あっしどもにはどうにもならない話だ」

巳之助と峰吉が頷いている。

「どうしたらいいでしょうかねぇ」

「ううむ、とりあえず……」

太一郎は天を仰いだ。

「まだ日は高いな。ここでいったん別れて、喜三郎さんの生きる気力が湧いてきそうな物を持ち寄るってのはどうだろう」

「例えばどんな物を、ですかい」

「それは、それぞれが考えることだ」

「ううむ」

さすがにそれは難しい。だから反対しようと思ったが、巳之助と峰吉が賛同してしまった。

「それじゃ、なるべく急いで持ってくるように」

太一郎がそう言い残して、先頭で路地の向こうへ消えていった。

「生きりゃいいんだろ、生きりゃ。難しいことじゃねぇ」

巳之助は何か思いついたのか、にやにやしながら足取り軽く去っていった。

「ううん、生きるのに大事なことは……」

峰吉は頭を捻りながら、路地をのろのろと進み、やがて木戸口の向こうへ消えた。

「ううむ、生きるといえば……」

一人残された茂蔵は必死で考え続けた。すると、かなりよさそうな物が頭に浮かんだ。さすがは俺だ、と思いながら茂蔵は駆け出した。

いったん大黒屋に戻った茂蔵は、思いついた物を大きめの木箱の中に押し込み、喜三郎の部屋を再び訪れた。

すでに巳之助と峰吉が先に着いていて部屋の中で待っていた。部屋の主である喜三郎は、なぜか遠慮がちに隅の方に座っている。

「ちっ、あっしが一番だと思ったのに」

重い荷物を持っているのだから、もっとゆっくり来ればよかった。しくじった、と思いながら茂蔵は上がり框にどさりと木箱を置いた。

それから、床の上に目をやる。先に着いた二人が持ってきたものが置かれていた。枕がたくさん転がっている。いわゆる箱枕というやつである。木でできた台形の箱の上に、くくり枕を取り付けた物だ。

これは峰吉がいったん皆塵堂に戻って、店にある物を集めてきたもののようだ。生きるためには、よく眠らなければならない。だからこれを選んだのはいい考えだと思った。しかし……。

「喜三郎さんにいくつ頭があると思っているんだよ。多すぎだろう」

「箱枕は高さが様々だから、合うのを見つけてもらおうと思ったんだ」

「な、なるほど」

納得の答えである。峰吉の方が正しかった。

続いて、巳之助が持ってきた物に目を移した。これは巳之助らしい、と言える物だった。生きるために、当たり前のように必要な物だ。

食い物である。巳之助は料理を運んできていた。旬の魚の活け造りだ。それが大きめの木桶の中に入っている。

「さすが巳之助さんだ。魚屋だけあって、こんな物もすぐに支度できるんですねぇ」

「できねぇよ。知り合いの料理屋に乗り込んで、無理を言って作ってきたんだ。富岡八幡宮のそばにある、千石屋っていう店でね。皆塵堂で働いたことのあるやつが今、二人もそこで働いているんだ。そのうちの一人は、茂蔵も会ったことのある、円九郎ってやつなんだが」

「ああ、勘当息子ですね」

そいつもやはり、巳之助には逆らえない男のうちの一人である。

「それで、茂蔵は何を持ってきたんだ。木箱を抱えてきたようだが」

「喜三郎さんが大喜びする物ですよ。だから喜三郎さんも、どうぞこちらに来て、一緒に見てくださいって」

茂蔵は手招きした。部屋の隅にいた喜三郎は相変わらず陰気な顔をしていたが、それでものろのろと近づいてきた。

「それでは開けますぜ。驚いてくださいよ」

茂蔵は木箱の蓋を外した。

「こ、これは……」

巳之助が息を呑んだ。その隣で、峰吉が「ふふん」と鼻で笑った。そして喜三郎は、青白い顔にほんの少しだけ赤みが差した。

茂蔵が持ってきたのは、枕絵である。

春画ともいう。男女が絡み合っている絵だ。これが木箱一杯に入っていた。

「おいこら茂蔵、こんなにたくさんどうしたんだ」

「大黒屋の近所に住む、寂しい独り者の男たちの間を転々としている枕絵です。人から人へと渡っていく間に、少しずつ数が増えていったらしいですぜ」

茂蔵は満足げに一つ頷き、それから喜三郎に微笑みかけた。

「あっしの次は喜三郎さんに回します。重くて運ぶのが大変でした。ですから喜三郎さん、どうか大事になさってください」

「い、いや……私は、こういうのは……」

「遠慮なさっちゃいけません。十八の男が嫌いなはずないんだから」

「こんな物が、もし母や許婚の目に留まったら……」

喜三郎は遠慮しているわけではなく、本当に困っている様子だ。しかし茂蔵は気にしない。

「嫁入り道具に持っていく娘さんもいるようですから、平気ですよ」

「いや、私の許婚は、本当に真面目で、堅い人なんで……」

「表向きだけですって。それより喜三郎さんがいかに楽しむかですよ」

「いえ、ですから、私はこういうのは、別に……」

「あれ、本当にお嫌いですか。それなら、こういうのもありますぜ」

茂蔵は箱の底の方から一枚を抜き出した。女同士で楽しんでいる絵だった。

「さらには、こんなのもあります」

別の枕絵を抜き出す。こちらは男同士で絡み合っていた。

「いろいろな絵がありますから、楽しめると思いますぜ」

「い、いや、私は、こういうのは、あまり見ない方がいいかな、と」

「なぜですかい。小僧だって平気な顔で見てますぜ、ほら」

峰吉は枕絵を一枚一枚手に取り、狼狽えもせず、にやけることもなく、冷静冷徹な目で眺めていた。値踏みする時の目である。

「皆塵堂は一家心中があった家とか、夜逃げした家などから家財道具を丸ごと引き取ってくることも多いからさ。たまに出るんだよね、この手の絵が」

「まあ、峰吉がこんな物で顔を赤らめたりするはずないとは思っていたよ。だけどさ、いちいち臭(にお)いを嗅(か)ぐのはやめてくれよ。売るわけじゃないいんだから」

とにかくこれは喜三郎さんのために持ってきた物だから、と茂蔵は枕絵を峰吉の手から奪い返して木箱に戻した。

さて、残るはあと一人だが、と思っていると、ちょうどうまい具合に太一郎が戻ってきた。

「ああ、俺が最後だったか。待たせて悪かった」

謝りながら部屋の中に入ってくる。そして、自分が持ってきた物を見せる前に、他の人の物に目を走らせた。

「ふうむ、なるほど。よく寝て、よく食って、そして……」

太一郎の目が木箱の中に注がれる。一瞬「むむっ」と驚いた顔つきになった後で、呆れたように首を振りながら、はあ、と息を吐いた。

「……お前ら猿か」

「ちょっと太一ちゃん、それは酷(ひど)いんじゃないの。ぐっすりと眠ることは大事だよ」

「そうだぞ、太一郎。そして爽やかに目覚めた後は、しっかりと食わなければならない」

「その通りですぜ、太一郎さん。で、その後は……」

「ああ、茂蔵は喋らなくていいから」

太一郎は手を前に出して茂蔵を制してから、その手を懐へと入れた。

「私はこれを持ってきました」

太一郎の手が引き抜かれる。

喜三郎を含む、太一郎以外の四人の目が、驚いたように見開かれた。そしてそれはすぐに非難めいた目に変わった。

太一郎が持ってきたのは、小刀だった。長さは一尺二寸より短いくらい。脇差の中でも短めである。

「おい太一郎。いくらなんでも喜三郎さんに刃物は駄目だろうが」

巳之助が文句を言う。茂蔵も横で大きく頷いた。

この部屋には、刃物の類は一切見当たらない。喜三郎が自害しないように遠ざけているに違いない。使う必要がある時は、きっと大家の所に行くのだろう。

そうやって戸倉屋の者たちが気を配っているのに、太一郎は持ってきてしまった。

「この小刀は、かつて恐ろしい祟りをもたらした刀から作られたものです」

巳之助には構わず、太一郎は喜三郎に話しかけた。

「とある店の話なんですけどね。女しか生まれず、婿に入った者は必ず早死にする、という祟りを受けていました。そんな碌でもない店に婿入りすることが決まっていた男が、皆塵堂で働いていたんです。それで、私やこちらにいる巳之助も巻き込まれてしまいまして。調べると、祟りをもたらしているのはその店にある刀だと分かったので、知り合いのご浪人に頼んで真っ二つに折ってもらったのです。これはその折れた刀から作りました」

太一郎は、喜三郎の目の前の床の上に、その刃物をそっと置いた。

「皆塵堂にいた男は、その店に婿入りしていきました。息子も生まれ、達者で働いています。その小刀はそいつに渡そうと思って作ったのです。ですが、どうも反りが合わなくてずっと渡しそびれていた。それを喜三郎さんにお貸しします。刀が折れて祟りは消えましたが、まだ何か得体のしれない力が残っているような気がするのです。どうかこれを、お好きなように使ってください」

太一郎は一礼し、喜三郎の部屋から出ていった。

茂蔵は、巳之助と峰吉の顔を見た。太一郎が置いていった小刀をどうするか相談するつもりだったのだ。しかし、二人は互いに頷き合った後、無言で部屋を出ていった。

太一郎が話した刀の祟りの件には、茂蔵は関わっていない。話を耳にしたことはあるが、詳しいことまでは知らなかった。しかし、巳之助や峰吉は、太一郎と同様、しっかり関わっているはずだ。

——その三人が残すと決めたのだから。

小刀はこのままでいいのだろう、と茂蔵は考えた。

「それでは喜三郎さん。俺も帰ります。巳之助さんの作った料理、食べてやってください。峰吉が持ってきた枕も、使ってやると喜ぶんじゃないかな。それから俺の枕絵は……」

茂蔵は部屋の隅の簞笥に目をやった。身の回りの物が入っていると思われるが、喜三郎の暮らしでは、さほど量はなさそうだ。

「ちょっと開けてみてもいいですかい」

訊ねてみると喜三郎が頷いた。茂蔵は引き出しを開けた。

案の定、上の方の段に替えの着物が入っているだけだった。下の方の段は空だ。

「それでは、俺の枕絵は一番下の段に移しますぜ。木箱のままで置いとくと、許婚の娘さんとかに怪しまれそうだ」

「あっ、いや、それは、本当に……」

「遠慮はいりませんって」

もしかしたら外で、自分が出ていくのを太一郎たちが待っているかもしれない。急いだ方がいいな、と思い、茂蔵はどさどさと乱暴に枕絵を木箱から箪笥に移した。

そして空になった木箱を抱え、どうぞお楽しみください、と告げてから喜三郎の部屋を出た。

## 四

喜三郎は狭い部屋の真ん中に敷いた夜具の上に座った。

今日の昼間、突如現れた四人が持ってきた物で、部屋が散らかっている。

一番の原因は、古道具屋の小僧が持ってきた枕だ。こちらの頭は一つしかないのに、随分と数がある。

迷惑だが、しかしありがたさも感じた。人によって合う高さが違うからと、古道具屋にあるすべての枕を集めてきてくれたようだ。自分が妙な夢を見て苦しんでいることを知っているから、ぐっすり眠れるような物を、と考えて持ってきたに違いない。他の連中と喋っている時の様子から、裏表のありそうな小僧だと思ったが、この枕については気遣いが感じられる。

喜三郎の目が、土間に置かれている木桶に移った。

あの体の大きい、厳つい顔をした男が持ってきた魚の活け造りだ。あの夢を見るようになってから何もかも味気なく感じてしまうので自分は食べていないが、大家の所に持っていったら舌鼓を打って食べてくれた。お蔭で世話になっている人に少しでも恩を返せた。魚屋には感謝している。

続いて喜三郎の目は箪笥へと移った。が、すぐに目が逸れ、枕元に置いてある小刀へ移った。

あの若旦那風の男が持ってきた刃物だ。好きに使えと言われている。

喜三郎は手を伸ばし、小刀を手に取った。そっと鞘から引き抜いてみる。

祟りがどうとか言っていたが、それも信じられるほど、妖しい輝きに満ちた刃物だった。切れ味がよさそうである。

好きに使えというのはどういう意味なのだろう。これで自らの命を絶っていい、ということなのか。それとも他に何かあるのか。

刀身を見つめながら少し悩み、それから喜三郎は刃を鞘に戻した。

部屋のあちこちに落ちている枕の一つを適当に取り、喜三郎は夜具に体を横たえた。そして、そっと目を閉じた。

喜三郎は真っ暗な場所にいた。

周りには何本か蠟燭が点っている。正面にはみすぼらしい風体の老人が立っている。

いつもの夢だ。

「相変わらず無様に生きているな」

老人の声がする。

「お前みたいなやつが戸倉屋を継ぐ？　潰してしまうだけだ」

老人の口は動いていない。声は直に頭の中に響いている。

「許婚の娘も、お前みたいな陰気なやつは嫌だろう。さっさと死んでくれた方が助かると思っているに違いない。新しい男を早めに見つけることができるからね」

老人の足下にある蠟燭を見る。いつもより短くなっている。

「お前は今ここで死ぬべきだ。その刃物を腹に突き立てて」

喜三郎は自らの手を見た。小刀が握られていた。

「役立たずは、この世にいらないんだよ」

喜三郎は小刀を構えた。

「お前は死ななければならないんだ。そうすればみんなが喜ぶ。親も許婚も、大家も」

喜三郎は地を蹴った。勢いをつけ、老人に体ごとぶつかっていった。

蠟燭が一斉に消え、辺りは闇に包まれた。


目を覚ますと、見知らぬ天井が見えた。

喜三郎は体を起こした。妙な気だるさを感じているが、気分はすっきりしていた。

ここはどこだろう、と部屋を見回す。広い座敷だ。あの狭い長屋の部屋ではない。

閉じられた障子戸(しょうじど)の向こうが明るいので、今は昼間だと分かった。

障子戸の反対側に閉じられた襖がある。その先から人の声が近づいてきた。

見守っていると、襖が静かに開かれた。覗(のぞ)いた顔は、茂蔵と峰吉だった。

「うおっ、起きてやがる。おおい、先生、喜三郎さんが目覚めましたぜ」

茂蔵が慌てたように襖の陰に消えた。峰吉だけが部屋に入ってきた。

「おはよう……って言ってももう昼だけどね」

「随分と寝過ごしてしまったみたいだ」

「そうだね。二日と半分ってところかな」

峰吉の言葉に「えっ」と驚きの声を上げた。

「おいらたち、あの日の翌日も喜三郎さんの部屋に行ったんだけどさ。喜三郎さんはずっと眠っていたんだよ。揺すっても起きないんだ。だけど、何かの病で気を失っているって感じじゃなくて、どう見ても寝ているだけなんだよ。それでもさすがに放っておくわけにはいかないので、念のためにお医者の先生の家に運んできたんだ」

「ふうん。ここは医者の家か」

「了玄(りょうげん)先生っていう人だよ。すごく評判がいいんだ。優しいし、話は面白いし、貧乏人からはお代を取らないし。藪医者(やぶいしゃ)ってことくらいしか欠点がないんだ」

「……へえ」

峰吉が障子戸を開けた。そこは庭だった。様々な草木が植わっている。

喜三郎がぼんやり外を眺めていると、茂蔵と年寄りが入ってきた。この人が医者の了玄先生らしかった。

「どうだね、気分は」

了玄が夜具の隣に座り、喜三郎に訊ねてきた。

「はあ、すっきりしています」

「ちょっと立ってみなさい」

喜三郎は言われた通りに立ち上がった。すっと目の前が暗くなる。立ち眩みだ。

「どうだね、体は」

「少しふらふらします」

「ふむ。それなら座りなさい」

言われたように、今度は夜具の上に座った。

「儂の診立てでは、お前さんは……腹が減っている。ずっと食べていないからね。今、粥をつくってきてやろう。ちょっと待っていなさい」

了玄先生が部屋を出ていった。

「どうですかい、気分は」

茂蔵が医者と同じことを訊いてきた。

「すっきりしています」

「まだ死にたいですかい」

しばらく考えてから喜三郎は首を振った。

「少なくとも今は、そういう気はありません」

「そいつはよかった。それじゃ、あっしは戸倉屋さんや、八名川町の長屋の人たちに知らせに行きますよ。峰吉は……」

「おいらは浅草だ。太一ちゃんと巳之助さんに知らせてくる」

「喜三郎さんはゆっくり粥を食べていてください」

茂蔵はそう言い残して部屋を出ていった。峰吉もその後ろについて部屋を出た。

喜三郎は、二人の背中に向けて深々と頭を下げた。


粥は美味(うま)かった。了玄先生が適当に作った味のない粥だったが、それでも涙が出るほど美味く感じられた。

食べながら喜三郎は、たまに庭へと目をやった。よく見ると草木はまったく手入れがされていないようだった。地面には雑草が生えている。しかしそれでも喜三郎の目にはとても美しく映った。葉の緑が眩(まぶ)しかった。

目を上に転じると空も見えた。この青もやけに綺麗(きれい)だった。

俺は今まで何を見ていたんだろうな、と喜三郎は思った。ここ最近は、もっと景色が色あせて見えていた。だが思い返してみると、子供の頃はこのように色鮮やかに見えていた。

気づくと喜三郎は涙を流していた。

「喜三郎さん、起きたんだって」

いきなり襖が開き、巳之助が入ってきた。

「いやあ、起きてくれてよかったよ。枕が良すぎたせいで眠り続けているんじゃないかって、峰吉が気にしてたからな」

続いて太一郎も部屋に入ってきた。

「あの小刀は私の手に戻っていますので、気にしなくていいですよ」

二人を呼びに行った峰吉も顔を覗かせる。

「あれ、喜三郎さん泣いてるけど、そんなに不味いの、そのお粥」

「美味すぎて泣いているんだよ。こんなに美味い粥を食べたのは初めてだ」

「ふうん。あまりにも味がないから自分で塩気を足してるのかと思った」

そんな器用な人間じゃないよ、と言って喜三郎は笑った。笑顔になったのは久しぶりだった。

「喜三郎さん、今夜はどうしますかい」

今度は茂蔵が慌しく部屋に入ってきた。

「この了玄先生の家に泊まりますかい。それとも戸倉屋に行きますかい。あるいは、八名川町の狭い部屋に戻りますかい」

喜三郎は少し考え込んだ。心も体もすっきりしている。もう医者の世話になる必要はない。そうなると戸倉屋か長屋かだが……。

「八名川町の長屋にしましょう。多分、じきにそこを出て、戸倉屋に戻る気がするんです。それまでに、大家さんや長屋の人たちに少しでも礼を返したい」

「……ということだよ。そう伝えてくれ」

茂蔵が後ろを振り返った。そこには戸倉屋で最近働き始めた小僧がいた。伝令役として店から来たようだ。

目が合うと、小僧は喜三郎に頭を下げた。喜三郎は「頼んだよ」と小僧に告げた。ただそれだけのことで、小僧は少し驚いたような表情をした。

そういえば自分はこの小僧と言葉を交わしたことがなかった。まったく碌でもない若旦那だな、と喜三郎は自らを省みた。

喜三郎は了玄の家で食った粥や、部屋から見える庭の眺めに感動したが、それだけでは終わらなかった。八名川町の長屋に向かう道々で出会う景色にも、喜三郎はいちいち心を打たれた。

「見てください、太一郎さん、空が青くて綺麗ですよ」

「薄く雲がかかってますが」

「巳之助さん、桜が鮮やかですねぇ」

「半分散ってるんだが」

「茂蔵さん、あの板塀、風情があっていいと思いませんか」

「あっしにはただの薄汚れた板塀にしか見えませんぜ……なんか、今の喜三郎さんなら犬の糞ですら褒めそうだ」

「ああ、そうかもしれません」

喜三郎は辺りを見回した。しかし近くに犬の糞は落ちていなかった。

「ああ、残念」

「いや、がっかりすることはありませんって」

「試しに見たかったんですけどねぇ」

喜三郎は犬の糞を探すのをやめて空を見上げた。

これまでずっと、「死にたい」などと思っていたことが不思議だった。そんな気分はもう、微塵も残っていなかった。

そうなってしまったために多くの人に心配をかけたことは分かっている。自分はもう、二度と「死にたい」なんて言わないぞ。喜三郎は春の空に誓った。

深川八名川町の長屋に近づくと、大家が木戸口の前に立っていた。喜三郎たちが着くのを待っていたのだろうが、それだけではなさそうだった。大家はこちらに気づいて近寄ってきたが、どこか戸惑っている様子が見受けられたのだ。

「大家さん、ご心配をおかけしました」

喜三郎は深々と頭を下げた。

「あ、ああ。とにかく元気になってよかった」

「大家さんを始めとする、長屋の皆様のお蔭でございます」

「ふむ。儂に礼などせんでいいよ。世話を焼くのが大家ってものなんだ。それより、そこら辺で戸倉屋のおかみさんに会わなかったかい」

「母でございますか。いいえ」

「そうかい。ついさっきまで、戸倉屋のおかみさんと若い女中さん、それからお前さんの許婚の娘さんとそのお母上の、四人がうちの長屋に来ていたんだよ」

「左様でございますか」

それなら会いたかった。そして今まで迷惑をかけたことのお詫びをしたかった。喜三郎は残念に思った。

「お前さんがこっちに戻るっていうのを戸倉屋の小僧さんに聞いたらしくてね。それで、四人で待ち構えていたんだよ。だけど、急に帰っちまった」

大家が戸惑っているように見えたのはそのためのようだ。

「四人のうちの誰かの具合が悪くなったとか……」

「いや、そんな様子はなかったよ。途中までは儂の所にいて、その時は何ともなかったんだけどね。お前さんが戻る前に、部屋を綺麗にしてあげましょうと言い出したんだ。で、儂の所を出てお前さんの部屋に移って、四人で掃除を始めて……しばらくしたら部屋から出てきてね。そそくさと帰っていったよ。伏し目がちで、なんか気まずそうだったな」

背後で「あっ」という茂蔵の声が聞こえた。

その声で喜三郎も、眠る前に自分の部屋であったことを思い出した。まさか、と思いながら足早に長屋の木戸口を通り抜けた。

自分の部屋の戸を勢いよく開ける。そのまま、まっすぐに簞笥へと向かった。

喜三郎は、一番下の段の引き出しを恐る恐る引っ張り出した。中を覗き、その場にへたり込んだ。

「……結構乱暴に突っ込んだ覚えがあるが、今は角がそろっていますねぇ」

すぐ背後で茂蔵の声がした。喜三郎の背中越しに引き出しの中を見たらしい。

「一番上が男同士の絵ってのが泣けるな。これを許婚に見られたか」

巳之助の声も聞こえてきた。

「許婚もそうですけど、双方の母親に見られたってのも嫌ですねぇ」

「あと、若い女中さんもいたんだろ」

「きっと驚いたでしょうね。まさか堅物の若旦那が、こんな物を見てたなんて……」

「お前が持ってきた物だろうが」

喜三郎は大きく息を吸い込んだ。そして声の限りに叫んだ。

「死にてぇぇぇ」

長屋中に響き渡るほどの大声だった。

「うん、いい声だ。力が籠もっている」

巳之助が感心したように言い、それから茂蔵と二人で笑い始めた。

# 五

茂蔵と太一郎、巳之助、そして峰吉の四人は、再び戸倉屋を訪れた。

喜三郎が目覚めたあの日から数日が経っている。すでにこの店に戻り、若旦那として仕事に精を出しているという。

「……今回の件について、心からお礼を言います。みなさんにお願いして本当によかった」

藤右衛門が深々と頭を下げた。

「いかがでしょうか、喜三郎さんの様子は」

太一郎が訊ねる。

「今日は得意先を回っています。本当に喜三郎は変わりました。以前より明るくなっている。なんというか……吹っ切れたとでも言いましょうか。喜三郎に聞いたのですが、銀杏屋さんからお借りした、不思議な刀のお蔭だとか。それで死神を退治することができたと伺っています。そんな凄いものを持っているなんて、さすがは銀杏屋さんだ」

「ああ、いえ……」

太一郎は苦笑いを浮かべながら頭を掻(か)いた。

「今のあれは、おっしゃるような凄い刀ではありません。それに、喜三郎さんに憑いていたのは死神でも何でもない。私に言わせれば、ただの……雑魚(ざこ)幽霊です」

「ほう」

「例えばここにいる巳之助などには決して憑くことはできない。心が弱っている者しか相手にできないんです。喜三郎さんは多分、戸倉屋の跡取りとして自分は果たしてやっていけるのだろうか、と悩んでいたのではないかと私は思います。これだけの大店ですから無理もない。真面目すぎる人ですから、悪い方へ、悪い方へと考え込んでしまったのではないでしょうか。その心の隙(すき)に、あの幽霊はつけこんだのです」

「なるほど」

「しかし雑魚ですから、何かのきっかけがあればすぐに撥(は)ね返せる。今回、憑いていた幽霊を振り払ったのは、あくまでも喜三郎さんご自身です。このままではいけない、という気持ちが喜三郎さんの中にあったに違いない。私がお貸しした小刀はそのきっかけに過ぎません。立ち向かい、戦い、打ち破ったのは喜三郎さんだ。だから、もはや何の心配もない、と言い切ってしまっていいと私は考えています」

そんな風に断言してしまっていいのだろうか、と話を聞いていた茂蔵は少し不安になった。しかし太一郎の持つ力のことを思い出し、その不安を打ち消した。きっと太一郎には、その雑魚幽霊が喜三郎の許から消えたことが分かっているのだ。

「そう言っていただけるとこちらも安心です」

藤右衛門が、ほっ、と息を吐き出し、微笑んだ。

「しかし、まだ少しだけ気にかかることがある。あれの母親や女中たちとの間がどことなく気まずそうに感じるのですよ」

「あ、ああ、それは……」

太一郎は言い淀み、苦虫を嚙み潰したような顔で茂蔵の方を見た。

さすがに喜三郎は、父親の藤右衛門にあの枕絵のことまでは語らなかったようだ。自分が妙なことを言うと喜三郎に迷惑がかかるかもしれないからここは黙っていよう、と茂蔵はとぼけた顔で太一郎から目を逸らした。

「ええと、それはですね……」

太一郎が再び話し始めた。

「……喜三郎さんは真面目すぎる男です。当然、周りの者も喜三郎さんをそういう目で見る。真面目であることは悪いことではありません。むしろいいことだと思います。しかし喜三郎さんの場合は、周りの者からの目も手伝って、この真面目な男という印象に雁字搦め(がんじがら)になっていた。今回は、それを少し緩めてあげられるような出来事があった、と申しますか……」

「それで、母親や女中との間が気まずくなった、と。もう少し詳しく教えていただきたいのですがね」

「いや、それはお許しください。このままの方が喜三郎さんにとっていいかもしれませんから。ただし、もし喜三郎さんと許婚の娘さんとの仲がうまくいっていない様子が見られた時には、私どもと娘さん、そのお母上との間で話をする機会を設けていただきたいのです。もちろん戸倉屋さんも同席の上で。そうなった際にはお話しいたします」

あの枕絵は茂蔵という助平野郎が無理やり置いていった物です、と正直に告げるということだ。まあ、事実だから仕方がない。その場でも自分は堂々としていよう、と茂蔵は心に決めた。

「なるほど。それではしばらく様子を見ることにいたしましょう」

「ありがとうございます。ところで戸倉屋さん……喜三郎さんの件とは別に、ちょっと気になっていることがございまして」

「ほう、何事でしょうか」

「あの蔵なのですが……」

太一郎は開け放たれている障子戸から外へ指を差した。その先には戸倉屋の蔵が建ち並んでいた。

「一番端の蔵です」

「商いとは関わりのない物をしまっている蔵ですが……あそこがどうかしましたか」

「実は私どもは、ある物を捜しております。最初にこの店を訪れた時、私はあの蔵の中からその気配を感じていたんです。ところが今日は……消えている」

茂蔵は驚いて、思わず腰を浮かせた。自分はもっと早くこの戸倉屋に来たかった。薄気味悪い皆塵堂からさっさと出ていきたかったからだ。しかし太一郎が止めたので、こうして喜三郎が戻って数日過ぎてから戸倉屋にやってきたのだ。

「ちょ、ちょっと太一郎さん。それ、本当ですかい」

「うむ。すまない。来るのが遅すぎたようだな。戸倉屋さんの蔵にあるのだから平気だろうと油断して、数日のんびり過ごしてしまった」

太一郎は顔をしかめている。

「いったい何を捜しているのか伺ってもよろしいですか」

藤右衛門が戸惑いながら太一郎に訊いた。

「漆塗(うるしぬ)りの文箱です」

「あ、ああ……」

藤右衛門には心当たりがあるようだ。

「あれは知り合いに頼まれて預かっていただけの物でして」

「よろしければ、どこの誰かを教えてほしいのですが」

「商売をやっている所だから、別に構わないでしょう。成田屋(なりたや)さんという蕎麦屋(そばや)です。場所は、本所の徳右衛門町(とくえもんちょう)。三ツ目之橋(みつめのはし)の近くです。ここからさほど離れていません」

「ありがとうございます。すぐにそちらに行きたいので、私どもはこれでお暇しますが、最後に一つ伺います。戸倉屋さんはその預かっていた箱の……中を覗かれましたか」

「覗きました」

藤右衛門の顔にあまり変化はなかった。

「何がありましたか」

「髪の毛でしたね。女のものでしょう。見事な黒髪でしたよ」

「怖くはありませんでしたか」

「はて」

藤右衛門は首を傾げた。

「気味が悪いか、と問われれば頷くかもしれません。しかしさすがにいい年をした大人が怖がるようなものではありませんでしょう」

「なるほど、そうかもしれませんね。それでは、私どもはこれで」

太一郎は立ち上がった。藤右衛門に一礼して座敷を出ていく。

その後ろに巳之助が「だからもっと早く来ようと言ったんだよ、俺は」と文句を言いながら続いた。

茂蔵も立ち上がった。藤右衛門に頭を下げ、座敷から出ようとした。しかし峰吉がまだそのままでいるのに気づいて立ち止まった。

「どうした？」

「まだ用事は終わってないよ」

峰吉は藤右衛門に顔を向けた。皆塵堂で客に見せる時の、愛嬌のある可愛らしい顔になっている。

「確か『この戸倉屋にある物は何でも差し上げます』とおっしゃっていましたよね」

峰吉の目が藤右衛門の後ろにある床の間に移った。値踏みするような目を壺や掛け軸に向けている。

こいつは商売人だな、と茂蔵は感心した。

# 髪つき首

## 一

茂蔵は一人で江戸の町を歩いていた。

まだ昼前なので、巳之助は棒手振り（ぼてふり）の仕事をしている。

太一郎は、もう間もなく長屋に子猫が生まれそうなので本人は逃げたがっていたが、どうしても抜けられない仕事があるということで銀杏屋にいる。今日一日は仕事にかかりっきりになりそうだ、という話だった。一番頼りになる太一郎がいないのは困るが、店主なのだから仕方がないこともある。諦（あきら）めるしかなかった。

そして峰吉は皆塵堂にいる。この小僧の場合は、店番を押し付ける人がいないと出られない。鳴海屋の清左衛門は、昔の知り合いに会うので今日は店に来られない、と前々から分かっていた。それにも拘らず伊平次が早朝から釣りに行ってしまったので、峰吉が残らざるを得なくなったのだ。

「まあ、一人も気楽でいいけどよ……」

そう呟きながら茂蔵は両国橋を渡った。

戸倉屋の藤右衛門から聞いた、徳右衛門町にある成田屋という蕎麦屋に行ったのは昨日のことだ。その時は太一郎と巳之助、峰吉も一緒だった。

蕎麦屋にはもう、例の箱はなかった。店主によると、その箱は客から貰った物だという。初めは素晴らしい箱だと思ったそうだ。すぐにでも店に棚を設え、飾りたかった。しかしちょうど、店の傷んだ部分を直すために大工を入れることになっていたため、知り合いの戸倉屋に預かってもらったのだ。そして修繕が済んで箱を引き取ってみると、不思議なことに大したことのない箱に感じられるようになっていたという。

店主はその箱を古道具屋に売ってしまった。知り合いの店で、橘町にあった。

成田屋を出るともう夕方だった。古道具屋は翌日に行くことになった。それで今日になって、茂蔵が一人で向かっているのである。

「ええと、この辺りだったかな」

茂蔵の本来の勤め先である大黒屋は長谷川町にあるが、橘町はそこからさほど離れていない。だから何となくではあるが、その辺りに古道具屋があることを茂蔵は知っていた。

「よく考えたら、昨夜は大黒屋で寝ればよかったな」

それに気づいたのと同時に、茂蔵は目指す古道具屋に着いた。

皆塵堂より少しだけ体がいいというだけの、みすぼらしい店だった。亀戸の富蔵の店と似たような雰囲気である。こういう店には曰く品が集まりそうだな、と及び腰になった。そもそも例の箱がそうなのだから、他にあっても不思議はない。

「ええ、ごめんください」

怖くても逃げるわけにはいかない。茂蔵は店の中に声をかけた。

あいよっ、と返事があり、奥から店の人が出てきた。三十くらいの年の、この手の古道具屋の者にしては若く感じられる男だった。

「すみません。髪の毛の入った箱を捜しているのですが」

茂蔵は単刀直入に訊いた。戸倉屋の藤右衛門は髪のことを知っていたが、捨てたりせずにそのままにしていた。そして蕎麦屋の成田屋も、昨日行った時に確認したが、やはり髪のことを知っていた上で、箱に入れたままだった。

これついて太一郎は、「お此の力が働いているのだろう」と言っていた。だから箱を捜す時には堂々と髪の毛のことも訊くようにしたのだ。その方が相手に伝わりやすい。

「ああ、あれね。うちに来てすぐに売れちゃったよ」

古道具屋の男は気の毒そうに言った。

「常連客が買ったんだ。床の間の違い棚に飾っておくって言ってね」

「その方の家、教えてもらうわけにいきませんか」

「別に構わないかな。飯屋だから。小網町（こあみちょう）にある店で、屋号は鶴亀（つるかめ）だよ」

「ありがとうございます。それともう一つお伺いしますが……あなたは遊び人ですかい」

例の、もう一段上の遊び人ってやつを知るために茂蔵は訊いてみた。これまでは源六のような癖のある爺（じい）さんや、真面目すぎて死にたくなってしまった若者など、遊び人とはほど遠い人物ばかりに出会ってきた。しかしこの男は少し雰囲気が違うので、何か得るものがあるかもしれない、と思ったのだ。

「はあ？」

男は困ったような顔をした。無理もない。いきなりそんなことを訊かれたら誰でもそうなる。

「……遊びってのは、女とか博奕とか、その類の話かい。それなら何も話せることはないよ。どんな遊びでも銭がなけりゃ始まらないが、ご覧の通りの店だからね。暮らしにかかる銭を稼ぐので精いっぱいだ。安酒を飲んで満足してるよ」

「左様でございますか。いや、つかぬことをお伺いして申しわけありませんでした」

茂蔵は詫びた後で丁寧に礼も述べ、古道具屋を後にした。

小網町にある飯屋、鶴亀はすぐに見つかった。店も開いていた。中に入った茂蔵は、「髪の毛の入った箱を知らないか」と大声で訊ねた。

「知ってるけど、もううちにはないよ」

奥からかみさんが出てきて答えた。

「どうしてですかい」

「友達にあげちゃったんだよ。ついこの間うちに遊びに来たんだけど、一目で気に入っちゃったみたいで」

「そのお友達の家、教えていただけるとありがたいのですが」

「構わないよ。うちと同じ商売をやっているから。本所松井町だからちょっと歩くけど、そこで鎌屋っていう店をやっているよ」

「ううむ」

茂蔵は唸った。本所松井町は、戸倉屋がある本所相生町から近い。

「振り出しに戻るのか。面倒臭いな」

お此の髪、いくらなんでも動きすぎだろう、と心の中で文句を言いながら、茂蔵は新大橋へ向かった。


どうせここにもあるまい、と思いながら茂蔵は鎌屋の戸を開けた。

「髪の毛が入った箱、知りませんかい」

だいぶ面倒臭くなっているので戸口から雑に訊ねた。すると、店の座敷の隅で飯を食っていた客の一人が「知っているよ」と答えた。五十くらいの男だった。

「ちょっと前まで顔見知りの男がこの店にいたんだよ。俺が来た時にはもう、そいつはほとんど食い終わってたけどな。で、その前に座って喋っていたら、そいつがおもむろに顔を上げてね。その棚を見たんだ」

客の男が指を差したのは茂蔵の頭の上だ。出入り口の戸の上に棚が吊ってあるのだ。乱暴に戸を閉めると何かが頭に落ちてきそうな店だ。

「そこに、お前さんの言っている箱があった。なぜか知らねぇが、そいつはひどくそれを気に入ったらしくてね。店の人に両手を合わせて譲ってくれるよう頼んだんだよ。店の人も、特に思い入れがないみたいでね。『ああ、いいですよ』なんて軽く言った。それで箱はそいつの物になった。まあ、それだけの話だ。しかし、俺が思うに、あれはあまりいい箱じゃないね」

「どうしてですかい」

茂蔵は男の方へ近づいた。店の者は奥にいて、姿を見せない。多分、こちらから声をかけないと出てこないのだろう。人手が足らないのか、適当な飯屋だ。

「今、お前さんが言ったやつだよ。髪の毛だ。そいつが蓋を開けた時に、俺も横から覗いたんだけどね、確かに入っていた。びっくりしたよ。俺ならそんな箱、頼まれたっていらない。だけど、そいつは喜んでいたな。箱を抱えて、そそくさと店を出ていった。よく気味が悪くないものだと感心したよ。まるで髪の毛のことなんか目に入っていないみたいだった」

「その、知り合いの方の住まいをご存じでしたら、教えていただきたいのですが」

「知ってるけど、勝手に教えちまっていいものかね……ううむ、やめておこう」

「いや、そこを何とか」

「お前さんのためでもあるんだぜ。俺はそいつと賭場で知り合ったんだ。まあ人のことは言えないが、そういう所に出入りしている男だからね。気性が荒い。いきなり訪ねていったら殴られるかもしれないよ」

それは嫌だが、さすがに巳之助よりは力はあるまい。それに男が箱を手に入れてから、さほど時は経(た)っていないのだ。これで箱に追いつくことができるかもしれない。殴られるくらいどうということはない。

「そこを何とかお願いします」

茂蔵は男に向かって手を合わせた。

「ううん。そんなに言うなら教えてもいいが、何があっても知らないぜ……本所表(おもて)町(ちょう)に住んでいる、八助(はちすけ)さんという人だ。俺が教えたってのは内緒にしてくれよ」

「もちろんです。それともう一つお訊ねしますが……あなたはもちろん、遊び人ですよね」

「面と向かってそんなことを訊かれたのは初めてだ。まあ確かにその通りだよ」

茂蔵は心の中で喜びの声を上げた。やっと出会った。これで太一郎に言われた、もう一段上の遊び人ってやつを知ることができる。

「それで、どんな遊びをなさっているのですか」

「そりゃ博奕よ。負けたら明日の飯にさえ困るっていう最後の銭で打つ博奕は痺(しび)れるぜ。もし勝ったら、それで女を買いに行く。その後は酒を飲んで寝る、と」

「はあ、なるほど」

残念ながら茂蔵と同じ高さにいる遊び人だった。

「……ありがとうございました」

茂蔵は丁寧に頭を下げて店を出た。

## 二

これから会いに行く男の名に八が付くことに茂蔵が気づいたのは、本所表町にかなり近づいてからのことだった。

たどり着く前に気づいてよかった、と胸を撫(な)で下ろしながら茂蔵は立ち止まり、頭を捻(ひね)った。このまま一人だけで向かってしまっていいのだろうか。

八が付く名を持つ者は多いから、必ずしもそれが、お此が恨みを抱いているだろうと思われる男のうちの一人の、通称「赤八」だとは限らない。今頃はすでにその男の手を経て、箱が別の人の手に渡ってしまった後だったとしても不思議はないのだ。そう考えると、一刻も早くその男に会って、箱の行方を訊いた方がいい。

だが、もし次の男が「赤八」だったらどうなるか。そして、お此の髪の毛がそいつを襲う、まさにその場面に居合わせてしまったら。多分、というか間違いなく、茂蔵も巻き込まれそうである。

それから、行ってみたらすでにお此の霊が恨みを晴らした後だった、ということも考えられる。その場合は死体が転がっていることになる。すでに近所の人などに見つけられているなら、騒ぎになっていて近寄りづらいだろう。そうでなければ茂蔵が死体を見つける羽目になる。

「ううむ」

悩んだ結果、一人で行くのはよそう、と茂蔵は決意した。向島の祠で髪の毛に一度襲われているので慎重になったのだ。

そうなると次に悩むのは、皆塵堂に引き返すか、それとも本所を通り過ぎ、大川橋を渡って浅草に行くか、のどちらを選ぶかということだ。誰に同行してもらうべきか、という悩みである。

太一郎が動けるなら、迷わずまっすぐ浅草だ。しかし今日は仕事で、来られるか分からない。

残るは二人。巳之助か峰吉だが、頼りになるのは間違いなく巳之助である。そろそろ仕事を終えて鬼猫長屋に戻る頃だろう。峰吉は店番で動けないかもしれないし、何かあったら茂蔵を盾(たて)にして逃げるはずだから、どう考えても巳之助に同行してもらうのがいい。

だがもう一人、伊平次という人物もいる。まだ釣りから帰っていないかもしれないし、皆塵堂にいたとしても面倒臭がって動いてくれないかもしれない。しかしもし一緒に来てくれるならば、この手の事柄については巳之助より少しだけ頼りになりそうな気がする。

茂蔵は再び長く悩んだ後、皆塵堂の方へ引き返すことに決めた。

茂蔵は、進むべき方向を誤った。伊平次はまだ皆塵堂に戻っていなかったのだ。そして代わりに清左衛門がいた。今日は昔の知り合いに会うことになっていたが、先方が体調を崩してしまったので体が空いたのだという。

店番が現れてしまった。茂蔵は、峰吉を連れて八助の家を訪れる羽目になってしまったのである。やはり浅草にすれば良かった、と後悔しながら、とぼとぼと本所に向かった。

「……ここみたいだな」

運がいいのか悪いのか、八助という男が住んでいる長屋はあっさりと見つかってしまった。

江戸は碁盤の目のように整然と区画整理がされている町が多いが、本所はそうではない。大名屋敷と寺、そして町屋が入り組んで、かなりごちゃごちゃしている。目当ての町に行き着く前に迷うことが多い。

それに、鎌屋という飯屋で会った男からは、八助という名と、本所表町の裏店に住んでいる、ということしか聞いていない。だから、本所表町に着いてからもまた迷うだろうと思っていた。

それなのに何の苦労もなく着いた。これはいったいどういうことだ。

長屋の木戸口の前で立ち止まり、先に進むのを躊躇(ためら)っていると、峰吉が口を開いた。

「……お此さんに呼ばれているかもしれないね。茂蔵さんが」

「お、お前、なんて恐ろしいことを……」

「冗談だよ。お此さんの幽霊が茂蔵さんごときを気にするはずがないんだから。前に襲われたのだって、お此さんにしてみれば目の前に飛んでいる蝿(はえ)を振り払ったくらいのことだと思うよ。だから安心して中に入ろうよ」

「……ありがとよ。お蔭で進む気になったぜ」

茂蔵と峰吉は長屋の木戸口を通り抜けた。

「おっ、見知らぬ兄さんと小僧だな。何者だい？」

いきなり声をかけられた。長屋の一番手前の部屋の前で、鉢植えに水をやっていた年寄りがいたのだ。

「はあ、ええと、八助さんという人を訪ねてきたんですけどね」

「それなら案内してやろう」

「どの部屋かだけ教えてくれれば勝手に行きますぜ」

「儂はここの大家だからね。勝手は許さん」

大家の爺さんは先に立って路地を歩き始めた。

「この長屋は二棟建っているが、こっち側が九尺二間、反対側が九尺三間だ。居職の職人さんなら広い方の部屋がいいね。外に働きに出る独り者なら、九尺二間で十分だろうが」

路地を進みながら大家が長屋の説明をする。

「どちらの大きさの部屋にも今は空きがあるから、すぐに入れる。店賃は……」

「あの、大家さん。あっしたちは空き店を探しに来たんじゃありませんぜ」

「分かっとるよ」

「だけど路地を抜けちゃいましたが」

一番奥の、井戸や厠(かわや)などがある少し広い場所に出てしまった。

「ううむ、話に夢中で通り過ぎてしまった」

大家はくるりと踵(きびす)を返し、路地を戻り始めた。まさか今度は木戸口まで行っちまわないだろうな、と茂蔵は心配した。

「ああ、ここだ」

杞憂だった。大家は路地の真ん中辺りにある部屋の前で立ち止まった。指差しているのは九尺三間の、広めの部屋の方だった。

「おうい、八助さん。お客さんだよ」

中に向かって呼びかけながら、大家は部屋の戸を叩(たた)いた。ほぼ同時に、凄(すさ)まじい叫び声が長屋に響き渡った。

八助の部屋の中からだった。大家は慌(あわ)てて戸を開けた。

九尺三間というのは、もし畳で表すなら九畳ほどの広さになる。ただし、そのうちの一畳半分は土間だ。上がり框(がまち)の先は七畳半くらいになる。

この八助の部屋は、大きめの衝立(ついたて)で二つに分けられていた。戸口に近い方が四畳半ほど、衝立の向こう側が三畳くらいの広さだ。手前側に夜具が見当たらないので、奥の狭い方にあるのだろう。

大きめの衝立とはいえ、端の方は壁との間にかなりの隙間(すきま)がある。そこから男の足が覗いていた。

「おい、八助さん。どうかしたのかい」

大家が声をかけた。男の足は動かない。

「八助さん、寝ているのかい」

大家は戸口をくぐり、土間に足を踏み入れた。

「八助さん、上がらせてもらうよ」

履物(はきもの)を脱ぎ、大家は土間から上がった。覗いている男の足はやはり動かなかった。

茂蔵は、自分も中に入るべきか、それともこのまま戸口の外で待っているべきか迷っていた。しかし峰吉がその脇をすり抜け、さっさと部屋に上がっていったので、茂蔵も仕方なく足を踏み入れた。

壁と衝立の間にある隙間は、当然部屋の両方の壁際にある。大家が男の足の側に近づき、峰吉がもう片方の、男の頭があると思われる側の隙間に近づいた。

二人は同時に衝立の向こう側を覗き込んだ。

「ううっ」

大家が呻き声を上げた。目を大きく見開き、手で口元を押さえている。

峰吉の方は特に声を出さなかった。ただ、この小僧にしては珍しく、ひどく顔を歪ませていた。

「ううむ」

自分は見ない方がいいな、と茂蔵は思った。だが迷惑なことに、大家が茂蔵を手招きした。

茂蔵は近づくのを躊躇った。しかし大家は、さっさと来い、という風に何度も手を大きく振っている。茂蔵は諦め、大家のそばへ近づいていった。

「うげぇ」

衝立の向こう側を覗き込んだ茂蔵は、大家と同じように呻いて口元を押さえた。

夜具の上に、八助と思われる男が倒れていた。辺りは血の海だ。壁や衝立にまで飛び散っていた。

その血の出所は、男の首だった。野犬のようなものに喉笛を咬み切られたかのような、大きな傷があった。

男が事切れているのは明らかだった。

「ああ、八助さん……」

大家は呟きながら死体から目を逸らした。やはり八助で間違いないようだ。

「……まだ先月分の店賃を貰ってないのに」

大家は残念そうに首を振りながら戸口の方へ顔を向けた。そして、「む、いかん」と言ってそちらへと歩いていった。

茂蔵も八助から目を外し、戸口の方を見た。

「何でもないからね。散った、散った」

あの八助の叫び声が聞こえたのだろう。この長屋のかみさん連中と思われる女たちが、部屋の戸口の前に集まっていた。大家はそれを追い払おうとしている。

茂蔵は衝立の反対側の端にいる峰吉の様子を見た。先ほどは顔を歪ませていたが、今はもういつもの顔に戻っている。何食わぬ表情で、八助の死体やその周りをきょろきょろと見回していた。

峰吉が衝立で仕切られたうちの死体側を見るなら、自分はこっちだな、と茂蔵は戸口側の方を眺めた。

むろんこちら側には目を逸らしたくなるようなものはない。片方の壁際に、長火鉢と行灯、煙草盆が置かれていた。反対の壁際にあるのは大きめの行李だ。箪笥はないから、八助は着物などをこの行李に入れているのだろう。

その横に文箱のような物が置かれていた。衝立のこちら側の床の上にあるのはこれだけだ。

茂蔵は戸口の方へ顔を向けた。大家が頑張ったらしく、かみさん連中の数が減っていた。

土間に目をやる。ごく当たり前の、どこの部屋の土間にでもあるような物しかなかった。

八助という人は、質素な暮らしをしていたようだ。珍しい物など何もない。だが、何かが引っかかっている。見てはいけない物を見てしまったような気がする。

茂蔵は改めて部屋をゆっくりと見回した。壁際に長火鉢、行灯、煙草盆がある。反対側の壁には行李だ。そしてその横に……。

「峰吉っ」

鋭く叫びながら茂蔵は文箱に近づいた。そして力加減を気にしながら、上から文箱を踏み付けた。

「どうしたの、茂蔵さん」

「その……」

茂蔵は自分の足下を指差した。

「これがあの、ずっと探していた文箱だ」

「言われなくても、多分そうだろうなって思ってたよ。そもそもおいらたちは、その箱を捜しにここへ来たんだから、最初に気づくでしょ……まさか茂蔵さん、今頃になって見つけたわけじゃないよね」

「そのまさかだ。八助……箱があるということは赤八と呼ばれていたやつで間違いないだろうが、そいつの死体があんまり物凄いんで、いろんなことが頭から抜けちまった」

「じゃあ今は思い出したわけだね……で、なんで箱を踏んでるの」

「だっておめえ、出てきちまうじゃねぇか、髪の毛が。赤八はこの髪の毛に殺されたんだぜ。お此さんが恨みを晴らしたんだ」

「ううん、そうかなぁ。別にそれでもいいけどさ、そのわりには傷が派手って言うか……どう考えても髪の毛の仕業じゃないよね、死体の傷は」

「確かに……」

茂蔵はじっくり見たわけではないが、喉笛を咬み切られているのは分かった。

「……いや、髪の毛でもできるかもしれない。もの凄（すご）い力で首に巻き付いたらああなるんじゃないか」

「それだと首の横や後ろ側にも似たような傷がつくと思うけど」

峰吉はまた衝立の向こう側の、死体の方へと目をやった。

「違うと思うけどなぁ……」

峰吉は首を傾げた。

その時、部屋の中が少し薄暗くなった。大家が戸口を閉めたのだ。

「とりあえず長屋のかみさん連中は追い払った」

大家は茂蔵の方を見ながら言った。

「儂は町役人に知らせてくるよ。すまないがその間、この部屋にいてくれないか。またかみさん連中が戻ってくるかもしれないからね。誰も部屋に入らないように見張っていてくれ」

「えっ、俺がですかい」

「他にいないからね」

大家は戸を少し開けて左右を確かめると、その隙間からするりと外に出た。そして「頼んだよ」と言い残して戸をぴしゃりと閉めた。

茂蔵は戸口から目を外し、衝立の方を振り返った。確かに大家の言うことは分かる。あんな死体がある部屋に誰かを入れるわけにはいかない。

これが一人で残されたのなら怖いが、小僧とはいえ峰吉が一緒にいる。茂蔵は、ほっ、と息を吐き出した。

しかしそんな茂蔵に、峰吉が恐ろしいことを言った。

「おいら、鬼猫長屋に行ってくるよ。太一ちゃんに知らせた方がいいと思うから。できれば呼んできたいけど、忙しくて無理かな。まあ、巳之助さんは連れてこられるでしょ」

「ちょっと待て。まさか俺に、ここに一人で残れと言うつもりじゃ……」

「あの大家さんに頼まれたんだから仕方ないでしょ」

「いや、人が入らないように見張るだけなんだから、峰吉の方が残っても……」

峰吉は茂蔵の足下を指差した。

「その箱の蓋を押さえているんだから動けないいんじゃないの」

「あ……」

峰吉が土間に下りた。先ほどの大家のように戸を少し開け、左右を確かめてその隙間からするりと外に出る。そして「行ってくるよ」と言い残して戸をぴしゃりと閉めた。すべての動きがよどみなく、素早かった。

## 三

結局、一人だけで死体と一緒に残されてしまった。

こんなことなら皆塵堂に戻らず、浅草にも向かわず、そのままこの長屋に来ればよかった。そうすれば死体になる前の赤八に会うことができたのだ。もしかしたら赤八は死なずに済んだかもしれない。

後悔したが、まあ仕方あるまい、と茂蔵は気を取り直した。赤八は恨みを買うだけのことをやったのだから。それよりも今は我が身の心配をするべきだ。

茂蔵は困っていた。やけに喉が渇いているのだ。朝からあちこちを歩き回った果てにここへとたどり着いたわけだが、その間まったく喉を潤していなかった。あんな死体を見たせいもあるだろう。とにかく、無性に水が飲みたかった。

土間にはちゃんと水瓶（みずがめ）がある。すぐそこだ。少し歩けば水が飲める。

だが、自分は今、動くわけにはいかない。文箱の蓋を押さえていないと、中からお此の髪の毛が出てきてしまうかもしれないのだ。

茂蔵は少しの間、耐えた。だが、どうしても目が水瓶にいってしまう。

「……引きずっていこうか」

足で踏み付けたまま、床を擦って動くのだ。このやり方は最初から思いついていたが、床を傷つけてしまいそうなので避けていた。しかし、もう我慢ができない。

茂蔵は動き始めた。一歩動くたびに、キッ、キッ、と足下で嫌な音がした。明らかに床に傷がついている。

あの大家に怒られるかもしれない。いや、黙っていれば赤八がつけた傷だと思うだろう。そんなことを考えているうちに、茂蔵は上がり框の所までたどり着いた。箱を踏んでいない方の足を土間に下ろす。

手を伸ばして柄杓を取った。それを使って水瓶の蓋を外す。

柄杓を水瓶に差し込む。あまり入っていないようだ。今の体勢では水まで届かない。

もっと水瓶に近づかねば駄目だ。茂蔵は箱を、上がり框の際まで動かした。

あと少し動かしたら箱は土間に落ちてしまう。これで水が飲めなかったら終わりだ。

もう一度、柄杓を水瓶に入れた。先の方が水に届いた。掬い上げると、ひと口分くらいの水が柄杓に入っていた。

啜り込むように飲む。美味い。しかし、これだけでは喉が潤わない。茂蔵は再び柄杓を水瓶の中に突っ込んだ。腕を必死に伸ばすが、柄杓の先が水に触る気配がない。

もう少し水瓶に近づく。水に触らない。さらにもう少し……。足の下から箱の感触が消えた。体勢を崩し、茂蔵は土間に倒れ込んだ。同時に、カランッ、という乾いた音がして、箱が土間に落ちた。蓋が外れた。茂蔵は思わず「うわぁ」と声を上げた。その目の前で、箱の中から大量の髪の毛が溢れ出て……はこなかった。

「あれ?」

茂蔵は立ち上がり、恐る恐る箱に近づいた。

中は空っぽだった。

「おいおい、勘弁してくれよ」

茂蔵は柄杓を水瓶に入れ、底の方の水を掬った。一気に飲み干す。美味かった。

柄杓を戻し、ようやく箱と蓋を拾い上げた。あの祠にあった箱のように見える。ここが赤八と思われる男の部屋だということを考えると、まず間違いないだろう。

「だったら髪の毛はどこ行ったんだ？」

この部屋にたどり着くまでの間に赤八が捨ててしまったのか。真相は分からないが、確かなのは箱から髪の毛が消えたということだ。

茂蔵は、はあ、と息を吐いた。安心したのだ。この箱は髪の毛を封じるためのものだ。気をつけなければいけないのはあくまでも髪の毛だが、それはどこかに行ってしまった。つまり、とりあえず今は、危ない目に遭うことはないということだ。

これで死体がなければもっといいのに、と思いながら、茂蔵は上がった。あとは、大家が町役人を連れてくるのをのんびり待つだけである。気が楽になったところで、茂蔵は煙草を吸うことにした。

懐から煙草入れと煙管を出しながら土間を見回す。火打ち箱が目に入った。これで火を点けることはできる。だが、それだと少し面倒だ。

茂蔵は長火鉢に近寄った。埋火があるかもしれないと思ったのだ。

火箸を手に取って灰の中に突っ込んだ。動かしていると、灰の中で何かに触った。炭ではない。やけに火箸が重く感じる。何かが絡まっているようだった。

火箸を持ち上げる。重みがあるので動きはゆっくりである。

灰の中から何やら黒い物が出てきた。火箸に絡みついている。

火箸が灰の中からすっかり出た。黒い物が下にたくさんぶら下がっている。真っ黒い蕎麦を摑んでいるような感じだった。

茂蔵にはそれが何であるかすでに分かっている。お此の髪の毛だ。また、これ以上火箸を持ち上げては駄目だとも感じている。しかし動きが止められなかった。

そのままゆっくりと火箸を、そして髪の毛を持ち上げた。

灰の中から女の顔が現れた。

手が止まらない。額、眉、目、と徐々に見えてくる。女の目は閉じられている。

鼻が現れ、続いて口元が見えた。

茂蔵は息を吞んだ。女の口の周りが真っ赤だったのだ。

血だ。これは赤八の血だ。

そう思った時、女の目が見開いた。同時に口も大きく開かれた。

その中は真っ赤だった。口の端から溢れ出た血が滴る。

ここでようやく、茂蔵は火箸を放り出した。

しかし女の動きは止まらなかった。顎が見え、やがて首が現れる。

その下はなかった。すっぱりと刃物で切られたようになっている。

茂蔵は尻餅をついた。そのまま、尻を床に擦りながら後ろへと下がる。

ている。

女の生首は上がり続ける。宙に浮いているのだ。だらりと長い髪の毛が垂れ下がっている。

茂蔵の背中が反対側の壁にぶつかった。同時に女の髪の先が灰の中から出た。

女の動きが止まった。そう思った途端、生首が茂蔵の顔を目がけて飛んできた。

茂蔵はとっさに腕を出して自分の顔を庇った。その腕に女が嚙み付いた。

腕に痛みが走る。茂蔵はぶんぶんと腕を振り回した。女はくっついたままだ。

それなら、と腕を壁にぶつけた。女の頭も壁に当たり、やっと腕から外れた。

茂蔵は急いで立ち上がり、戸口の方へ走った。土間に下りて戸を開けて、などと悠長なことはしていられない。上がり框から跳び、体ごと戸板にぶつかった。

戸板が外れ、茂蔵は長屋の路地へと転がり出た。

まだ安心はできない。後ろを振り返り、部屋の中を見た。

女の生首が飛んできた。すごい勢いだった。茂蔵はまた腕を出して、自分の顔を庇う。

腕に女の髪の毛が触れた。しかし今度は嚙みつかれなかった。茂蔵の手前で、女の生首が上へと向きを変えたのだ。

茂蔵は空を見上げた。女の生首が長い髪の毛をたなびかせながら、長屋の屋根の向こうへと消えていくところだった。

## 四

「……ほう、それは散々な目に遭ったね。まあ、茂蔵にしてはよくやったよ」

清左衛門が少しだけ茂蔵を褒めた。

皆塵堂で、今日起こった出来事を茂蔵がみんなに伝えているところだ。座敷には茂蔵と清左衛門の他に、太一郎と巳之助もいる。伊平次は隣の部屋で釣り道具を磨いているし、峰吉も作業場で古道具を拭いているので、今回の件で重立った者はそろっている。

あの女の首が飛び去った後は、茂蔵の身に特に恐ろしいことは起こらなかった。直後に町役人を連れた大家が戻ってきたからだ。その後も岡っ引きや奉行所の役人などが次々と現れたが、茂蔵自身は案外と面倒なことにはならなかった。役人の相手などはすべて、大家が引き受けてくれたためだ。飄々としていたが、実はそういう方面に顔が利く人だったらしい。

「しかし、よくあの箱を運び出せたものだ」

清左衛門が感心している。

もちろん、例の文箱のことを言っている。奉行所の役人などが出入りするあの部屋から、茂蔵はこっそり持ち出していたのだ。

それは今、この皆塵堂にある。作業場で峰吉が拭いているのがそれだ。いずれまた使う日が来るかもしれないので、この後は太一郎が預かっておくことになっている。

「ところで茂蔵。女の生首……まず間違いなくお此さんだと思うが、それが飛んでいったすぐ後に、大家さんたちは戻ってきたんだろう。それにお前が部屋から転がり出た時の音で、路地に顔を覗かせたかみさんがいたかもしれない。そういう人たちは騒がなかったのかね。生首が飛んでいったのを見たと」

「いえ、それが不思議なことに、誰も見ていないみたいなんですよ」

当然あの後、長屋のかみさん連中がまた集まってきて、それまで以上の大騒ぎになった。しかしそれはあくまでも、八助、つまり赤八が死体になったことでの騒ぎだった。茂蔵は連中から死体の様子などを訊ねられたが、髪の毛や生首について話す者は一人もいなかった。

「しかし太一郎、お前には見えたんだろうね」

清左衛門の目が座敷の隅に向いた。鮪助（しびすけ）にしがみつかれて体を強張（こわば）らせている太一郎が「申しわけありません」と答えた。

「気配は感じたんですけど、見てはいません。せっかく来てくれた峰吉には悪いが、私はその時、銀杏屋の仕事で外に出ていたんです。茂蔵が襲われ、お此さんの生首が上がっていったと思われる時は、私は橋を渡っていたところだったんです。だから目を動かせなくて」

太一郎が苦手としているものは猫だけではない。水も苦手なのだ。顔を洗ったり、湯に浸かったりするくらいはできるが、海や川や池、沼などにはあまり近づきたがらない。特に川の流れが駄目で、太一郎は橋を渡る際に一切わき目を振らない。ただ前だけを見て、橋の真ん中を進むのである。

「ううむ、仕方がないか。それで、その気配はどうなったんだ」

「遠くへ離れていきました。ですから、お此さんの生首が今どこにいるかは分かりません」

「お前なら見えそうなものだが」

「それは私のことを買いかぶりすぎです。しかし、箱に入っている時よりは分かりやすくなったのは確かでしょう。これからは見つけやすくなると思いますよ」

「うむ、そう願いたいものだな。この先は太一郎頼みになる。もう箱を追うということができなくなったからね。太一郎以外の者が取れる手段があるとすれば、次に狙われるであろう常七という男を捜し出すことくらいだ」

だが、それは難しい話である。何しろ三十年も前に姿を消した男なのだ。今は六十くらいになっているので、風貌もかなり変わっているだろう。それに常七は金策をすると言って江戸を離れ、そのまま行方をくらましている。だから江戸にはいないかもしれない。

「巳之助の猫好き仲間を頼ることはできないのかい。詳しい話をするのは駄目だが、『こういう人を知らないか』というくらいなら訊いても平気だろう」

「ご隠居、残念ながらそんなことはとっくにやってますぜ。あちこちの仲間に訊いて回っています。江戸で猫を飼っている人なら、それでたいてい分かるんだが、そうじゃないってことは、常七は猫を飼っていないか江戸にいないかのいずれかですよ」

「伊平次の釣り仲間は……訊くだけ無駄か」

「釣り場でよく顔を合わせる人なら挨拶くらいするが、名前までは知らない……なんて人ばかりですよ。釣り人なんてそんなもんです。それよりご隠居はどうなんですかい。今ここにいる者の中で、もっとも顔が広いのはご隠居でしょう」

「それは昔の話だ。年を取って付き合いの幅がだいぶ狭まったからね。儂も無理だよ。しかし、こうなってしまうと……ううむ」

清左衛門はひどく難しい顔をして唸った。

「太一郎以外の者にできることは何だろうな。常七を捜す、というのはもちろんするとして、他のことで何か、お此さんの髪の毛に迫れる手は……」

「ううむ」

茂蔵と巳之助も、何かないかと必死に頭を捻った。

伊平次は端(はな)から考える気はないようで、呑気(のんき)そうな顔で釣り道具を磨いている。

沈黙が続いた。誰一人としていい考えは浮かばないらしい。結局、常七の行方に絞って動いていくしかなさそうだ。そのように告げようと茂蔵が口を開きかけた時、作業場から峰吉の声が聞こえてきた。

「おいら、いくつか訊きたいことがあるんだけど」

「何だね、峰吉。何か気になることでもあるのかね」

「そもそもさ、どうしてこの箱を追いかけていたんだっけ」

峰吉は、磨いていた例の文箱を掲げながら訊いた。

「おいおい、今さらそれかね」

「別に放っておいてもよかったと思うんだけど」

「人の命に関わることだからね。いいかい、峰吉。罪を憎んで人を憎まず、という言葉がある。お此さんの幽霊が狙っているのは、確かに悪いやつかもしれん。しかしね、だからと言って何もせずに見過ごしたら、儂らまで人の道に外れることになってしまい……」

「それって、ただの建前だよね」

人道を説く清左衛門を、峰吉は一言で斬って捨てた。

「常七って人は巻き込まれた側だからちょっと気の毒かなって思わなくもないし、赤八って人もなんだかよく分からないからとりあえず置いておくけど、少なくとも青八とかいう人は、死んだところで『ざまあみろ』としか思わないよ」

「み、峰吉……そういうことはあまり口には……」

「だからそれが建前ってことでしょ」

「その三人だけならそうだ。しかし関わりのない者がとばっちりを食うかもしれない。現にこの茂蔵が襲われているじゃないか。だから髪の毛を追いかけているのだよ」

「そのあたりも、おいらにはよく分からないんだよね。この箱は祠を出てから、何人もの手に渡っているわけでしょ。だけど関わりのない人の中で襲われたのって、茂蔵さんだけだ」

「言われてみればそうだな……」

清左衛門の目が茂蔵に向けられた。

「お前、まさか連中の仲間なんじゃあるまいな」

「な、何てこと言うんですかい。お此さんが亡くなったのは三十年前ですぜ。あっしが生まれる八年も前の話だ」

「それなのにお前だけ襲われている」

清左衛門の目が、今度は太一郎に移った。

「これはどういうことなんだ。太一郎には分かるかね」

「青八や赤八の許に着くまでの間をつないだ人の中に、茂蔵みたいなやつがいなかったってだけの話ですよ。危なかったのは、赤八の家を茂蔵に教えてくれた人かな。もし赤八より先に飯屋に来ていたら、その人が箱に魅入られて持ち帰ってしまい、人目のない所で襲われていたかもしれない。でも赤八が先に手に入れたので助かった、ということでしょうね」

「何を言っているのか今一つ分からんのだが」

「梯子段から転げ落ちて死んだ青八は、お此さんに体を売るように勧めた人です。しかもその後、客として買いに行っている。それから今日死んだ赤八は、賭場に出入りするような人間です。お此さんを死に追いやったのはそういう連中だということですよ」

「ははあ、なんとなく分かったぞ」

清左衛門の目が茂蔵に戻った。

「つまり遊び人を襲うってことだな」

「ま、待ってくださいよ。今のあっしは、博奕も女遊びもやっていません。酒までも巳之助さんに止められています。そのことはご隠居様もご存じでしょう」

「うむ、確かにそうだ。これはどういうことだね」

清左衛門は再び太一郎を見た。

「茂蔵が祠で髪の毛に襲われたのは、昔の遊び仲間と花見をした帰りでした。戻ったんですよ、その時だけ前の『遊び人の茂蔵』に。どうやら茂蔵はその呼ばれ方を気に入っているらしい。だから遊びなんてやめればいいのに、『もう一段上の遊び人』を目指せばいい、と言ったんですけどね。青八みたいなやつじゃなくて」

「そういうわけだったのか……」

茂蔵はがっくりと肩を落とし、床の上に手をついた。得心がいった。しかし肝心のその「もう一段上の遊び人」がどういうものか分からないのでどうしようもない。

「さて、話は戻るけど……」

峰吉が楽しそうな笑みを浮かべて清左衛門の顔を見た。

「……常七さんを捜すこと以外で、お此さんの幽霊に迫る手だけどさ。向こうから来てもらえばいいんじゃないかな。茂蔵さんを縛り上げて屋根の上にでも転がしておけば、飛んできそうな気がするんだけど」

「ふむ。駄目で元々だ。試すだけのことはしてみようか」

「ちょ、ちょっと待ってくださいよ……」

ひ、酷ぇよ、ご隠居……と峰吉。お此さんの幽霊より酷ぇ、と嘆きながら、茂蔵はずるずると手を滑らせ、床の上に突っ伏した。

「……ご隠居様だって、若い頃は俺以上に遊んでたくせに。料亭に芸者を呼んだり、屋根船を仕立てて女と乗ったり、妾を作って余所に子供こさえたり……」

「こら茂蔵、どさくさに紛れてなんてことを言うか。儂は妾なんて持ったことないぞ」

「でも料亭に芸者は？」

「そりゃまあ、たまには」

「屋根船は？」

「付き合いで何度か」

「ほらみろ。ああ、ご隠居様なんてお此さんに食われればいいんだ」

「茂蔵、それだ」

突然、巳之助が大声を出した。茂蔵はびっくりして体を起こした。

「おい巳之助。どうして儂がお此さんに食われなければいけないんだね」

清左衛門がむすっとした顔で巳之助を睨んだ。

「違いますよ。その手前の、遊びの話です。いいか茂蔵、よく聞けよ。ご隠居は鳴海屋を一代で江戸屈指の大店にまでしたお方だ。裏では、お前が言うように、いやそれ以上の凄ぇ遊びをしているかもしれん」

清左衛門がじろりと巳之助を睨んだ。文句を言おうと口まで開いた。しかし巳之助は手を上げてそれを止めた。茂蔵に向かい言葉を続ける。

「だがなぁ、茂蔵。それをお前の遊びと一緒に考えちゃ駄目だ。お前のは安酒を飲んで騒ぎ、尻の軽い女を引っかけ、なけなしの銭で小博奕を打つという、どうでもいい遊びだ」

「仕方ないでしょう、銭がないんだから」

「今はまだ若いからいい。だが三十や四十になってまだそんな風だったら笑われるぜ」

「た、確かに」

それどころか今日は、五十になっても似たような遊びをしている人に飯屋で会った。あんな風になるのは嫌だな、と少し思った。

「いいか茂蔵。今のお前はただの『けちな遊び人』だ。しかしお前は益治郎さんという、とびっきり有能な人の下で働かせてもらっている。大黒屋はこれからもっと大きくなるだろう。そこでしっかりやれば、ご隠居のような『粋な大人の遊び人』に変われるかもしれない。それこそが太一郎の言った、『もう一段上の遊び人』ってやつに違いない。そうだよな、太一郎」

「間違いじゃないけど、鳴海屋のご隠居様くらいになると、一段どころか十段くらい上にならないかな」

「どうせならはるかな高みを目指すべきだ。分かったか茂蔵。お前はこれから『粋な大人の遊び人』を目指すんだ。鳴海屋のご隠居のような」

「い、粋な大人の遊び人……」

格好いいかもしれない、と茂蔵は心の中で思った。

「ちょっと待ちなさい、巳之助」

さすがに清左衛門も我慢しきれず口を出した。

「誰が粋な大人の遊び人だよ。そんな呼ばれ方をされる覚えはないぞ。やめなさい」

「いいじゃないですか。悪くないと思いますぜ。それとも何ですかい、『野暮なじじいの苦労人』と呼ばれる方がいいって言うんですかい」

「どっちも嫌だよ」

「まあ、ご隠居は黙っていてください……どうだ、茂蔵。ここで人生を変えてみようじゃないか」

「み、巳之助さん。分かりました。あっしは大親分のような粋な大人の遊び人を目指します」

「いや、だから大親分という呼び方も……」

また清左衛門が口を挟んだが、二人は聞いていなかった。

「よく言ったぞ、茂蔵。よし、猫が待っているから俺はこれで帰る。それではみなさん、御免なすって」

「戸口の所まで見送らせていただきます」

茂蔵は立ち上がった。素早く作業場まで行き、土間にある巳之助の履物をそろえた。

巳之助がのっしのっしとこちらに歩いてくる。

「おいお前たち、誰が粋な大人の遊び人だよ。それと大親分はやめなさい」

巳之助の背後で清左衛門が言っているが、茂蔵の耳には入らない。巳之助が歩きやすいように店土間の床に置いてある古道具を急いで脇にどかした。

「野暮なじじいの苦労人も嫌だぞ。それと巳之助、お前だってまだ若いんだから、茂蔵にとやかく言う前に自分の人生を考えたらどうなんだ」

まだ清左衛門がごちゃごちゃ言っているが当然茂蔵には聞こえない。戸口をくぐり、巳之助が出てくるのを待ち構えた。

「じゃあな」

外に出てきた巳之助が軽く手を上げ、通りを歩き始めた。その大きな背中に向かって茂蔵は深々と頭を下げた。

いつか粋な大人の遊び人になって、巳之助さんと大親分にご恩返しをするぞ。茂蔵はそう心に誓った。

店の奥でその大親分が「太一郎を忘れてるぞ」と怒鳴っていたが、もちろんその声も耳に入らなかった。

# 花の祠（ほこら）

## 一

お此の幽霊をおびき寄せるための囮にされるのではないかとびくびくしていたが、そんなことはなかったので茂蔵は胸を撫で下ろした。

その代わり、皆塵堂の店番をさせられている。外を歩き回る役は峰吉だ。太一郎と一緒に、飛び去ったお此の生首を捜して江戸の町を彷徨っている。太一郎の力をもってしても見つけるのは難しいらしかった。赤八が死んだ日の翌日からその二人で捜し回っているが、手掛かりがつかめないまま今日で三日目だ。

「しかし、あの小僧には参ったなぁ」

お此の件は滞っているが、峰吉はただでは帰らない。あちこち歩くついでに、しっかりと古道具の買い付けをしてくるのである。茂蔵は店番をしつつ、それらの品を店土間に並べる仕事をしていた。少し前に益治郎が片付けているので、置ける場所ができているのだ。

ちなみに太一郎は、赤八の死の翌日は他に用があったらしく少し遅くなったが、その後の二日間は早朝から皆塵堂に顔を出している。なるべく銀杏屋から離れていたいそうだ。いよいよ子猫が生まれる日が迫っているということである。

「さすがの巳之助さんも、鬼猫長屋から離れなくなったな」

自分の住む長屋の猫ばかりでなく、この世のすべての猫を可愛がる巳之助は、棒手振りの仕事が終わったら猫を求めてあちこち出歩いていた。しかしここ数日はなるべく長屋に留まり、雌猫たちの様子に気を配っている。だからこの男は、お此の件では今は動いていない。

「俺もすっかり皆塵堂に慣れちまったし……」

たまたま妙な曰く品がない時に皆塵堂で寝泊まりを始めたが、それから後もその手の古道具が入ってくることはなかった。峰吉が買い取ってくる物も、一緒にいる太一郎が見極めているので、変なものは取り憑いていない。だから茂蔵は、この皆塵堂ではまだ幽霊に出遭っていないのである。

その手のものが出なければ、客の少ない皆塵堂の仕事は楽だ。汚いのを我慢するだけでいい。

「大黒屋にも急いで戻らなくていいし……」

そちらは益治郎だけでも何とかなるし、橘屋の新助やその他の奉公人が入れ替わり立ち替わり手伝いに来ているので、茂蔵がいなくても余裕で仕事が回っているそうだ。

「こんなことでいいんですかねぇ」

品物を並べ終わった茂蔵は、土間から作業場へと上がりながら奥の座敷に声をかけた。そこには伊平次と清左衛門が座っている。煙草盆を間にして、二人とも呑気に煙草を吹かしていた。

床の間には鮪助もいるが、丸くなって目をつぶっていた。障子戸を開けているので、座敷には柔らかな春の日差しが入っている。眠くなりそうな光景だ。

「別にいいんじゃないのか。茂蔵もこっちに来てのんびりしろよ。どうせこんな店に客なんか来ないんだから」

およそ店主とは思えないようなことを言いながら伊平次は茂蔵を手招きした。

「では、お言葉に甘えて」

茂蔵も座敷に入り、煙草盆のそばに座った。自分も吸おうかと思ったが、火鉢の灰の中から出てきた生首の姿が頭にちらついたのでやめておいた。

「しかし、本当にのんびりしちゃっていいんですかねぇ」

「仕方あるまい。儂らにできることがないんだから」

煙管の灰を煙草盆の灰吹きに落としながら清左衛門が答えた。

「今は太一郎に任せるしかないよ」

「そうですよねぇ」

茂蔵は頷いた。

「そうなんじゃよ」

清左衛門は煙管に葉煙草を詰めながら頷いた。

「そうでもないんですけどね」

伊平次が灰吹きに煙管の雁首を叩きつけて灰を落とした。

「どういうことだね、伊平次。まだ儂らにできることがあるのかね」

「ありますよ。ただし、それで何かが変わるというわけではないのですが」

「言っていることがよく分からないぞ」

「太一郎に任せてしまって、俺たちは何も動かない……それでもいいんですけどね。

だけどあいつは、終わった後にすべてを話してくれるとは限りませんから。それだとすっきりしないでしょう。だから、ある程度は自分たちで調べておいた方がいいかな、ということです」

　伊平次は煙管に葉煙草を詰めて火を点けた。

「ううむ、ますます分からん。ちゃんと説明してくれ」

「つまり、太一郎は嘘をついている。隠していることもある。そういうことです」

　伊平次は口から煙を吐き出した。

「あいつは初めから髪の毛の気配を捉えていたと思うんですよ。その気になればいつでも箱を手にすることができた。でもそうせずに、一歩手前の所で箱が次に進むのを待っていた。戸倉屋さんの時なんかが分かりやすい。悠長でしたでしょう、太一郎は」

　確かに、と茂蔵は頷いた。死神に取り憑かれた若旦那の一件が終わった後、すぐに戸倉屋へ箱を貰いに行かず、数日のんびりしていた。

「多分、箱が別の場所に動くのを待っていたんですよ。太一郎はずっとそうしていたようだ。着かず離れず追っていたみたいです。それは多分、茂蔵みたいな遊び人の所に箱が行ってしまった時のことを考えてでしょう。さすがに関わりのない者にとばっちりがいくのは太一郎も避けるつもりだったようだ。だが幸い、ちゃんとした人の手を巡って、青八や赤八の許へ箱は行くことができた」

「それだと太一郎は、二人の死を止めることができたということになるが」

「あいつなら余裕でできたでしょうね。でも、しなかった。三十年前に起こった出来事を備前屋の徳五郎から聞いて、箱の動きを止める気がなくなったのだと俺は思いますよ」

「なぜだね」

「子供が死んでいるんです。お菓ちゃんという、お此さんと常七の娘さんだ。風邪をこじらせたせいですが、備前屋さんの先代の市兵衛という人が下田屋を潰さなければ死なずにすんだのではないでしょうか。そう考えると市兵衛が殺したようなものだ。その仲間である青八、赤八の死を太一郎が止めるわけがない。子供の死が絡むとあいつは冷たくなるんです」

「ああ……」

太一郎は幼い頃に妹を川で亡くしている、という話を茂蔵は耳にしたことがあった。詳しいことまでは知らないが、太一郎の水嫌いはそれが原因らしい。

「まあそれでも、峰吉が言うところの『建前』がありますから、太一郎はそんなことを言わないし、表向きはちゃんと箱を捜しているふりをする。今もそうでしょう。きっと生首が三人目を殺すのを待っている。それで多分、終わりになると思いますが、その後で太一郎がすべてを語ってくれるとは思えない。『建前』がありますから。だから、すっきりしない部分、よく分からなくて気になる部分を俺たちで調べておいた方がいいかなと、そういうことを俺は言っているわけです」

「なるほど、よく分かった……が、今の話でもうすっきりしてしまったんだが」

「何かしらあるでしょう。気になるところが。ご隠居も、茂蔵も」

清左衛門が煙管を啣えながら考え始めた。

茂蔵も頭を捻ったが、頭には何も浮かばなかった。清左衛門同様、今の話ですっきりした。

「何もないならいいですけどね。俺はあるんですよ」

「どんなことだね」

「三十年前の一件における、赤八の役割が分からないのが気になるんです。青八は、お此さんに体を売るように勧めた後で、客として通い、事の最中に自分たちの悪事を告げる、という何とも分かりやすい屑野郎です。ところが赤八については、備前屋の徳五郎は何も言わなかった。あれだけ派手な殺され方をしたんだから、お此さんにとっては青八よりも恨めしい野郎だったんじゃないかと思うんですよね。だから、ここが知りたいんです」

「ああ、言われてみればそうかもしれないね……ううむ。聞いたら気になってしまった。確かにそうだ。赤八は何者だったんだろうか」

「気になりますでしょう」

「うむ」

「それを調べたいと思うんですけどね。それには少々お足がいるんですよ」

「銭がかかるのか。まあ仕方がない。気になるからね。儂が出すよ」

「ありがとうございます」

伊平次は清左衛門に頭を下げた後で、茂蔵に顔を向けた。

「お前はこの前、『粋な大人の遊び人』になることを誓ったようだが、まだそんなこと思ってるのか」

「もちろんですぜ。十年後、二十年後を見ていてください」

「そうすると、博奕（ばくち）から離れるわけだ」

「まあ、そうです」

「そこで頼みがあるんだが……これまでお前が打っていたのは、なけなしの銭での小博奕だ。ここで博奕をやめるというなら、最後に大金を持って賭場に行き、思いっきり遊んでみないか。それできっぱり足を洗うということで」

清左衛門の顔が曇った。その大金の出所が自分であると気づいたからである。

「ご隠居、そんなに苦い顔しないでください。赤八のことを調べるには賭場に行くしかない。そのついでに、茂蔵には心行くまで最後の博奕を楽しんでもらう。そういうことです」

「ううむ」

清左衛門はもの凄く不機嫌そうな顔を茂蔵に向けた。

「おい茂蔵、本当にこれで博奕は最後にするんだろうね」

「もちろんでございます」

「ならば……儂が銭を出そう。ただし、この博奕に勝っては駄目だぞ。下手に勝ったら未練が残る。負けろ。すっからかんになって、裸で放り出されてくるんだ」

「分かりました」

茂蔵は大きく頷いた。自分が銭を出すというのに負けろという。さすが大親分、粋な大人の遊び人だ、と感心した。

# 二

茂蔵はすっからかんになり、裸で放り出された。

春とはいえ、朝晩はまだ冷え込む。しかも今は夜明け前の一番寒い頃だ。褌一枚の体にはつらい。

だが、それはいい。清左衛門との約束を果たしたに過ぎない。最後の博奕は気分よく負けた。自分に賭け事の才能はないとよく分かった。これですっきりやめられる。

困ったのは、伊平次の頼みをなしとげられなかったことである。賭場に出入りしている人すべてに赤八のことを訊いたのに、みな口をそろえて「知らない」と言ったのだ。

茂蔵が行った賭場は、赤八の住む長屋を教えてくれた男から聞いた場所である。あの飯屋の前であの男が再びやってくるのを待ち構えたのだ。だから、この賭場に赤八が出入りしていたことは間違いなかった。

「それでも分からなかったのだから、しょうがないよな」

茂蔵は寒さに体を震わせながら呟き、とぼとぼと歩き出した。

この賭場は、雑木林の奥にある寺で開かれていた。林を抜けるとしばらく田んぼだ。そこを通る時はことさら寒いだろうと思った。少し風がある。

「死んじまいそうだ」

茂蔵はまた呟いた。すると背後から「手伝ってやろうか」と声がした。

驚いて、勢いよく振り返った。闇の中に数人の男がいた。そいつらが素早く動き、茂蔵を遠巻きに取り囲んだ。みな手に刃物を握っている。

「な、なんだよ。俺は銭なんて持ってないぞ。襲っても無駄だぞ」

周りをきょろきょろと見回しながら声を張り上げた。

「そんなことは俺たちが一番よく知ってるよ」

一人の男が近づいてきた。最初のものと同じ声だ。

「あ……」

顔が分かる所まで男は近づき、そこで立ち止まった。賭場で見た男だった。客ではなく、開いている側の人間である。年は五十過ぎくらいか。小柄で、下から睨み上げるように相手を見る男だ。体ががっしりしている。かなり喧嘩が強そうに見える。

「お前さん、こそこそと何か訊き回っていたようだな」

刃物を揺らしながら男は訊いてきた。茂蔵は内心怖かったが、俺は巳之助さんの弟分なんだと自分に言い聞かせて我慢した。

「いや、俺は堂々と訊き回った。だから人違いだろう」

「ほう。確かにその通りだった。そういうのはこっそりやるもんなんだけどな」

男が一歩前に出た。

「赤八のことを訊いていたな。それを知ってどうする。やつはもう死んだんだぜ」

「へえ。知ってるんだ」

「お互いに若い頃からな」

男は揺らしていた刃物の動きを止めた。刃先を前に傾ける。

「お前さんは何者で、いったい誰に頼まれたのか。死にたくなかったら話してもらおう」

「さあて、信じていいものかどうか」

茂蔵は微笑(ほほえ)んだ。余裕を見せているのだ。しかし、頭の中では「喋(しゃべ)っていいんだっけ。口止めされてないよな」などと懸命に考えている。

「どうやら死にたいらしいな」

男は刃物を体の横に引いた。脇を締めて構える。

「もう一度訊くぞ。お前は何者だ。誰に頼まれた」

「言ったら赤八の素性を教えてくれるか」

「お前の命と引き換えなんだ。そっちは教えん」

「じゃあ言わねぇ」

男の表情が、ふっ、と緩んだ。

「面白いやつだな。赤八の素性を教えることも考えてみるよ。だから試しに言ってみな。お前は何者で、誰に頼まれた」

「俺は遊び人の茂蔵だ」

茂蔵は試しに言ってみた。

「ふっ」

男に鼻で笑われた。試して損した。

「頼んだのは、皆塵堂の伊平次さんだ……それと、鳴海屋のご隠居様と、棒手振りの巳之助さんと、銀杏屋の太一郎さんと、ええと……」

巳之助と太一郎は違うが、箔をつけるために並べてみた。

男は「ほう」と呟いた。軽く目を見開いている。多分、四人の中に知っている名があったのだろう。試してよかったかもしれない。

「……赤八の何を知りたい？」

「三十年前の備前屋での役割だ。市兵衛の手下として、どんな働きをしたのか。特に、下田屋での一件の中で」

「そんな詳しいことまで、俺が知ってると思うか？」

男は数歩後ろに下がった。

「なんだ、知らないのか」

「知ってるよ。ただ……違うんだよなぁ」

男はさらに後ろに下がり、刃物を鞘に入れた。まだ周りを囲んでいる男たちは刃物を構えたままだが、それでも茂蔵はほっとした。

「どうして三十年前のことなんて知りたいんだ」

「常七さんを捜している」

「ほう、下田屋の主だった男か」

男は常七のことまで知っているようだ。

「お前はまだ若そうだ。常七など知らないだろう。その名を誰に聞いたんだ」

「それは……」

徳五郎の名を出すのはまずそうだ。他言無用と言われている。

「それを教えてくれたら、喋ってもいいぜ」

男の言葉に、茂蔵は悩んだ。

「……あんた、信頼できる人か？」

「ああ？」

「数人の信頼できる人になら話していいんだ」

そのように太一郎が備前屋に言っていた。

「……それはお前が、俺を信頼するかどうかなんじゃないか」

「ああ、そうか。じゃあ言っちまおう。備前屋の今の主の徳五郎さんだ」

「ふふっ」

なぜか男は少し笑った。

「何がおかしい」

「気にするな」

周りを囲っている者たちのうちの一人に男は近づいた。なにやら耳打ちする。

耳打ちされた男は輪を離れ、賭場の方へ走っていった。

「さて、ではまず赤八の役割を教えてやろう。裏で手荒いことをするのがやつの仕事だ。脅(おど)したり、殴ったり、時には……殺したり」

「へ、へえ……」

「次に、その赤八が下田屋での一件でどんな働きをしたのか。これはあまり教えたくないんだが、まあいいだろう。殺しだ」

「は？」

茂蔵は、備前屋で聞いた話を必死に思い返した。下田屋側の人間は何人か死んでいる。しかし殺された者はいないはずだ。お此が自害、その父親と娘は病死だ。

「嘘つけ。誰も殺されてないぞ」

「世間に知られていないだけだ。旅の途中で消されたのよ」

「あ……」

わりと鈍い茂蔵でもさすがに分かった。常七だ。

だが、そうなると……お此さんの生首は誰を狙っているのだ？

茂蔵が呆然（ぼうぜん）としていると、賭場の方に走っていった男が戻ってきた。男に着物を渡す。茂蔵から巻き上げたもののようだ。

「これは返すぜ」

男は茂蔵の方に着物を放り投げた。そちらに目を向けた途端、男が素早く近づいてきた。

茂蔵はうつ伏せに地面に倒された。男に馬乗りになられ、腕も極（き）められているのでまったく身動きが取れない。唸っていると、顔のすぐ横に刃物が突き付けられた。

「念のために言っておくが、俺は備前屋とは何の関わりもないぜ。こういう仕事をしていると、いろいろな話が耳に入ってくる。それだけのことだ。分かったな」

「へ、へい」

男は背中からどいた。痛む腕をさすりながら、茂蔵は立ち上がった。

「最後に一つ教えておく。赤八は市兵衛の手下じゃねぇぜ。これで話は終わりだ。二度とうちの賭場に顔を出すんじゃねぇぞ」

男はくるりと振り返った。同時に周りを取り囲んでいた男たちが離れていく。

「じゃあな。皆塵堂さんによろしく」

男は最後に一言残して去っていった。

## 三

「……伊平次さんって博奕打ちだったんですかい」

賭場帰りに起きた出来事を伝えた後で、茂蔵は最後にそう訊ねた。

皆塵堂の座敷である。まだ朝の六つを過ぎたばかりだというのに、すでに清左衛門がいた。自分が銭を出した博奕の結果が気になり、早く目覚めたのだという。大金持ちのくせに、みみっちい面もある。それくらいじゃないと金も貯まらないのかもしれない。

峰吉もとうに起きていた。今は店の表戸を開け、通りを掃いている。手桶と水も用意されているので、この後は水を打つつもりらしい。店の中の片付けは一切やらないのに、なぜか店先だけは綺麗にする小僧である。

「いや、俺は博奕を打ったことはない……とは言わないが、賭場の人間に顔を覚えられるほどやったことはないぞ。ましてやお前が行ったその賭場には、行ったことがない。そもそも、もし俺が博奕打ちでそいつのことを知っていたら、わざわざ茂蔵に頼んだりしないで、最初から俺が聞きに行く」

「でも確かに皆塵堂さんによろしくと……」

「ここの客かな。あるいは昔、まだ植木屋をしていた頃の客……ああ、それだと皆塵堂さんとは呼ばないか」

ううむ分からん、と伊平次は首を捻った。

「どんな顔をしたやつだったんだ」

「暗かったから、細かい所までは言えません。覚えているのは、小柄で、下から睨み上げるようにこちらを見る人だってことです。がっしりしていて……喧嘩が強そう」

「ああ、多分あの人だな」

伊平次は自信ありげに呟いた。心当たりがあるらしい。

「たまに釣り場で会う人だ。ただし、俺の方はその人の名前も住まいも仕事も知らない。向こうが知っているのは、一度この店に来たことがあるからだ。そこの仙台堀で釣っていて、落ちちゃったんだよ、その人。水の中で暴れていたから、周りのみんなで助けたことがあった。で、近いからうちに連れてきて少し休ませたんだ」

「その時の恩返しですかねぇ」

「義理堅い人だ。まあ、人違いだったら笑っちまうが、心当たりはその人だけだから、そういうことにしてしまおう」

伊平次は呑気な声でそう告げた後、清左衛門老人の顔を覗き込んだ。

「どうです、そろそろ考えがまとまりましたか」

「うむ、何となくね」

清左衛門は静かに頷いた。

「お前はどう思ったんだ。実は常七は殺されていた、ということを聞いて」

「そういうこともあり得る、とは思っていました。だからこそ赤八の役割を知りたかったわけでして。掛川に銭の無心に行った、その途中で殺されたんでしょうね。無縁仏になったんだろうなぁ。気の毒に」

伊平次は寂しそうに言い、それから煙管を咥えた。

「で、赤八は市兵衛の手下ではない、ということだが……これについては、伊平次はどう思ったんだ」

煙をふうっと吐き出してから、伊平次は答えた。

「これも同じです。そういうこともあり得るかなと」

「つまりお前が内心で思っていた通りだったということか。それを茂蔵に確かめてもらった、というだけのことだったわけだ」

「まあ、そうですね」

ふむ、と唸ってから清左衛門が煙管に葉煙草を詰め始めた。

伊平次はまた煙を吐き出してから、茂蔵の方を向いた。

「まあ、とにかくご苦労だった。お蔭で赤八の件はすっきりしたよ。そりゃあれだけ派手に殺されるわけだ」

「確かに」

茂蔵は喉笛を咬み切られた赤八の死体を思い出してしまった。お此の生首も頭から離れないし、それなら煙草を吸っちまおう、と煙管を咥えた。

清左衛門が口から煙を吐き出しながら、伊平次に訊ねた。

「しかし、青八のやつはどう伝えたんだろうな、お此さんに。客として行った時に」

「すべて正直に告げたんじゃないですか。そうやって女の顔が歪むのを見るのが好きな野郎だったわけでしょ。備前屋の市兵衛は表向きは本当にいい人なわけですし、多分、岡っ引きとか役人に金を渡してもいたでしょう。体を売って暮らしている女が備前屋のことを訴えたって誰も聞きません。そういう素振りを見せようものなら、赤八が動くでしょうし」

「ううむ、そうなると、本当に気の毒じゃな、お此さんは」

清左衛門は立ち上がった。障子戸の近くに寄り、そこから外を眺める。

「お此さん、今頃どこの空を飛んでいるのかねぇ」

「そろそろ終わる頃だと思いますから、あっちの方でしょうねえ」

伊平次も清左衛門の脇に立ち、西を指差した。

二人とも空をぼんやりと眺めているだけである。お此の生首が見えている気配はない。しかし、もしかしたら俺なら何か見えるかも、と茂蔵は思い、やはり立ち上がって二人に並んだ。

西の空を見やる。綺麗に晴れ上がった朝の空が見えただけだった。

もっともここからだとかなり離れているから、たとえ太一郎が目を向けたのだとしても、近所の家の屋根に隠れて見えないだろう。

茂蔵は諦めて煙草盆のそばに戻った。葉煙草を煙管に詰め直して火を点ける。そして思いっきり煙を吸い込んだ。

思いのほか苦かった。咳(せ)き込みながら煙を吐き出し、今、自分が詰めた葉煙草を見た。

「申しわけありません。間違って、ご隠居様の煙草を詰めちまいました」

「別に構わんよ。よかったらいくらでも吸ってくれ」

清左衛門も煙草盆のそばに戻ってきた。

「いや、いくらなんでも苦すぎですって。何を吸っていらっしゃるんですかい」

「龍王(りゅうおう)だ」

「うわっ」

甲州(こうしゅう)産の龍王は鬼殺しと呼ばれるほど辛(から)みが強い煙草だ。しかも、値が安い。

「ご隠居様、それは駄目だ。粋な大人の遊び人が吸う煙草じゃありませんって。野暮なじいの苦労人が吸うやつだ」

「儂はそのどちらでもないし、大親分でもないぞ。それとね、儂は格好をつけたり周りに自慢したりするために煙草を吸っているわけではない。ただ好きな煙草を吸っているだけだ」

「い、粋だ」

ちなみに茂蔵は格好つけて、最上と言われている大隅産の国府という煙草を無理して買っている。

「ご隠居様に言わせれば、あっしなんか野暮に見えるんでしょうねぇ」

「別にいいんじゃないか」

答えたのは伊平次だった。

「俺なんかもっと酷いぞ」

伊平次は煙草盆のそばに戻ってきて座ると、当たり前のことをしているような顔つきで清左衛門の煙草入れに手を伸ばした。

「とりあえず手近にある煙草を吸う。味など知らん」

「はあ、左様でございますか」

これは粋とか野暮では語れない。

茂蔵はもう一度ちらりと外へ目をやり、それから清左衛門に訊ねた。

「ご隠居様は当然、お此さんが狙っている……青八、赤八に続く三人目の人間が誰であるかを分かっていらっしゃるんですよね」

「うむ。多分そうじゃないかと思う者はいる。他にいないから、というだけだ。ところで茂蔵、お前は分かっているんだろうね」

「恐らく……まあ、その人しかいないよなぁ、ということで」

二人の目が互いの口元に向けられた。しばらくすると、まるで息を合わせたかのように同時に「徳五郎」と声を出した。

清左衛門は満足そうに頷き、それから伊平次を見た。

「お前はだいぶ前から分かっていたようだね」

「俺ではなく、太一郎が、と言った方がいいでしょうね。あいつの物言いや動きを見ていればこちらも分かります。例えば、あいつは幽霊の姿が見えたり声が聞こえたりするが、だからといって目や耳がいいわけではない。そこは俺たちと変わらない。それなのに、人が来る気配に早く気づくことがある。そういう場合は『何かある人なのだ』と思った方がいい。幽霊そのものが憑いていなくても、なんというか……業のようなものがべったりと染みついていたりね」

茂蔵は、伊平次や太一郎、巳之助と一緒に備前屋で徳五郎の話を聞いた時のことを思い出した。徳五郎が座敷に近づいてくる気配に最初に気づいたのは太一郎だった。茂蔵も襖(ふすま)のそばにいたため足音には気づいたが、それが徳五郎なのか、それとも女中なのか、襖が開くまで分からなかった。

「それなら峰吉も……」

茂蔵が呟くと、「いや、あいつは本当に耳がいいだけだから」と伊平次は答えた。

「ついでに言うと峰吉は目もいいし鼻も利く。味の違いもすぐ分かる。だが幽霊とかその手のものには鈍い。それだけの小僧だ。特にどうということはない」

いや、相当なものだと茂蔵は思う。長く身近にいると「そういうもの」としか感じなくなるのだろうか。不思議だ。

「あっ、そうそう、言おうとしていたことがあったんだ」

伊平次が突然、ぽんと手を打ち鳴らした。何か思い出したらしい。

「一昨日だったか、それともその前日だったかな。朝っぱらから釣り竿(つりざお)を持って向島の方をぶらぶらしていたんだが、ここまで来たついでだからと例の祠(ほこら)があった所に行ったんだよ。そうしたら新しい祠が建っていた」

早々に建て直すよう太一郎が徳五郎に言っていた。きっとそれが出来上がったのだろう。

「で、せっかくだからと祠の戸を開けて中を覗いてみた」

「ちょ、ちょっと伊平次さん。そんなことするもんじゃありませんよ。変なものに襲われて、巳之助さんに酒を禁じられちまう」

「いや俺、下戸だし」

「素面（しらふ）でそういうことをするのもどうかと思いますぜ」

「作られたばかりなのは分かっているから、どうせ中はまだ空だろうと思ったんだよ。そうしたら驚いた。中にあの箱が置かれていたんだ。本物のね」

茂蔵は目を丸くした。清左衛門も同じような顔つきになっている。

ここで伊平次が言う本物とは、新しく作られた物ではなく、必死に捜し回っていたあの箱そのもののことだろう。あれは赤八の部屋から茂蔵がこっそり持ち出し、いったんこの皆塵堂に持ってきた。その後は太一郎が預かることになっていたはずだ。

二、三日前の話ということは、箱を預かった太一郎はすぐに徳五郎のところに持っていったということになる。

「箱があるとなると当然、その中も覗いてみたくなるよな」

「伊平次さん……」

まあ、この男ならきっとそうするだろう、とは思う。もっとも、髪の毛は今、お此の生首となって飛んでいる。だから箱の中は空っぽで……。

「長い黒髪が綺麗に束ねられ、二つ折りにされて入っていた」

「は？」

茂蔵と清左衛門が同時に声を上げた。

「おい伊平次。それはどういうことだね。それもやはり本物の、お此さんの髪の毛なのかね」

「さあて、それはどうだか分かりません。俺はお此さんの髪の毛を見ていませんのでね。たとえ見たことがあっても見分けられないだろうけど。しかし、まだ徳五郎さんが死んだとも聞かないから、お此さんのものではないと思いますよ。きっと太一郎が仕掛けたのでしょう。かもじ屋みたいな所から手に入れるなどしてね。多分、徳五郎さんを騙すためでしょうね。太一郎は『建前』はともかく、本音では徳五郎を助ける気など微塵もないだろうから」

しかしご隠居の煙草は辛いね、と言いながら伊平次は立ち上がり、また外を覗いた。西の空には変わらぬ青い空が広がっているだけだった。

# 四

徳五郎は困っていた。

夜、眠りにつこうとして目を閉じると、外の景色がまぶたの裏に見えるのだ。月明かりに照らされた家々の屋根がうっすらと輝いている。それらの家々や周りの木々の様子で、備前屋の上からの眺めだと分かる。屋根より少し高い。ちょうど今、寝ている部屋の上の方の宙に浮いているのだ。ただし、自分の体は見えない。

それに、体の向きを変えることもできない。同じ方角だけが見える。備前屋のある横山町からだと北寄りの、本所の方である。

そこに光っている物がある。はるか遠くに浮いているのに、それが何であるかが徳五郎には分かった。

女の生首だ。体はない。結われていない長い髪が風で乱れている。それが宙に浮いているのだ。高さは火の見櫓と同じくらいか。

目を開けるとその景色は消える。障子越しのかすかな月明かりに照らされている自分の部屋が見える。

再び目を閉じる。備前屋の上だ。はるか先に女の生首が浮いている。

これが一晩中続いた。目を開けたり閉じたりしているうちに、気づくと夜が明けていた。それが、宙に浮く女を見た最初の晩だった。


五つの頃の徳五郎は、草木を傷つける子供だった。

葉を毟る。枝を折る。幹は刃物で切り付ける。花があったら棒で叩き落とした。

十になった頃には、興味が生き物を殺すことに移っていた。小さな虫はもちろんのこと、蛙や蛇なども捕まえてきては、石で叩き潰した。
十二、三の頃は猫を殺すことに夢中だった。これが格別に面白かった。なぜなら猫は懐くからだ。
野良猫に餌付けをし、ゆっくりと時をかけて自分に馴れさせる。焦ってはいけない。初めのうちは猫もびくびくしながら餌を食っているので、こちらが妙な動きを見せると、さっと逃げてしまう。だから少し離れた所に座り、我慢してじっとしている。

そのうちに、自分に近寄ってくる猫も現れる。ここでもまだ待つ。猫を捕まえるような動きは間違っても見せてはいけない。こちらが猫に向かって手を伸ばすのではなく、出した手に猫の方から近づいてくるようにさせるのだ。

やがて、膝の上に乗ってくる猫も出てくる。そのままそこで眠ってしまうものもいる。特に寒い時季などは、脇へ下ろしてもすぐにまた乗ってきて丸くなる猫がいる。ここまで来るといよいよである。

まず落ち着いて辺りを見回す。知らない大人に見られると面倒だからだ。いないことが確かめられたら、膝の上の猫を撫でる。それから猫の後ろ脚をつかみ、近くの木や壁、地面などに思い切り叩きつける。

断末魔の叫び。血の跡。そして、ぴくぴくと手足を震わせている猫。これまでの苦労が報われる瞬間だ。

余韻を楽しんだ後は、後始末を備前屋の奉公人に任せ、次の猫を手懐けに向かった。これが、十二、三の頃の徳五郎だった。

十五になると、自らの手で生き物を殺すのはやめた。備前屋の跡取り息子である徳五郎には、言うことを聞く者がたくさんいたので、そいつらにやらせた。野良猫だけでなく、野良犬も殺させ、川に放り投げたり橋の欄干からぶら下げたりした。

十八の時に備前屋を出て、親戚がやっている同業の店に移った。悪辣な手を使って備前屋を大きくしていく父の市兵衛のやり方に反発して、ということではない。むしろ徳五郎は、市兵衛の片腕として働いていた。家を離れたのは、いわば「別動隊」として、足がつきやすい「殺し」の仕事を引き受けるためだった。そのため表向きは、反りが合わない親子の振りをしていた。

二十の時、市兵衛が死んだ。裏ではともに動いていたので、徳五郎には何が起こったのか分かっていた。だから備前屋を継いで最初にやったのは、お此の慰霊だった。そうしないといずれは自分を殺しにお此の霊がやってくることを知っていたのだ。徳の高い僧侶、評判のいい祈禱師、裏長屋に住む胡散臭いお祓い屋など、ありとあらゆる者に頼って供養や祈禱を行なった。最後は、伝手を頼って呼んだ高名な修験者の力で、やっとあの祠にお此を封じることができたのだった。

宙に浮く女の生首を初めて見た次の日の早朝、一人の男が備前屋を訪ねてきた。浅草阿部川町にある銀杏屋という道具屋の主、太一郎である。

徳五郎はこの男やその仲間たちに、祠から消えたお此の髪の毛が入った箱を捜すよう頼んでいた。だが信用していたわけではない。備前屋の奉公人に命じて後をつけさせ、ずっと動きを見張っていた。

だから三十年前にお此の霊が暴れた時の生き残りである青八と赤八が死んだことも

知っていた。太一郎が来た日は、赤八が派手な死体になった翌日でもあった。

徳五郎は、すでに事の顚末を知っていたが、初めて耳にするふりをしながら太一郎の話を聞いた。

「二人の命は無理でしたが、常七さんは生き残っているようだ。また、他の者に害が及ぶこともありませんでした。ありがとうございます。本当によくやってくださいました」

徳五郎は太一郎に向かって深々と頭を下げた。

ただし徳五郎は太一郎から話こそ聞いたが、持ってきた箱は見なかった。当然である。下手に近づいたら命に関わるからだ。自分自身が、お此の狙う三人目の男なのだから。

そのため、箱は備前屋の表で奉公人が受け取り、紐をきつく巻きつけて蓋が開かないようにした上で、新しく作り直した祠へと運ばせていた。また、この日のために探していた、徳が高いと評判の僧侶も呼びに行かせた。お此を再び封じるためだった。

太一郎が帰って一人になると、徳五郎は満面に笑みを浮かべた。すべてが考え通りに運んだからだ。太一郎が箱を手に入れる時期も完璧だった。

自分の所にまで来なければ、箱を捜し当てるのがいつになろうと構わなかった。ただ、できれば青八と赤八に死んでもらいたいと思っていた。特に自分の手下だった赤八は、徳五郎の闇の部分をすべて知っている。たまに金をせびられていた。五十を過ぎて、そろそろ人生も守りに入ろうと考えていた徳五郎にとって、いわば目の上のたんこぶだった。それが死んでくれたのだ。

太一郎には感謝しかない。これで今日からは枕を高くして寝られる。

徳五郎は悩んでいた。

目を閉じると、宙に浮く女の姿が見えるのだ。昨夜に続いてのことである。

もちろん目を開けると、そこはいつもの自分の寝所だ。しかし目を閉じると、はるか先に浮かんでいる女の姿が見えてしまう。

ただし、昨夜とまったく同じかというと、そうではなかった。女の様子が変わっている。前日は首から下がなかったのに、今は胸の辺りまで見えている。

それに場所も違う。昨夜より近い。暗いので確かなことは言えないが、両国橋と大川橋のちょうど真ん中辺りの大川の上、といった辺りである。

やはり風があるらしく、女の髪が風で乱れている。だから顔がよく見えなかった。

三十まではいっていない女のように思えるが、それが誰であるかまでは分からない。

もっとも、顔が見えたところで正体がつかめるとは限らなかった。備前屋を広げていく中で、お此のような目に遭わせた女は何人かいるが、そんな連中の顔など徳五郎はいちいち覚えていないのだ。

それでも、女の正体について最初に思い当たるのは、やはりお此だ。しかし、あの箱はすでに、新しく作られた祠に封じられている。

ならば他の女かもしれない。そいつらのことを調べなければいけない。

だが、まずはお此の髪を封じている祠である。隙間(すきま)をなくすのだ。

目を閉じると見える女は、外が白んでいくのにしたがって徐々に薄れていき、やがて日の出とともに消えた。

徳五郎は、やはり一晩中、目を開けたり閉じたりを繰り返してしまった。ようやく眠りについたのは朝の六つ頃で、目覚めた時には四つを過ぎていた。

番頭がいるので店はどうにかなる。徳五郎がしなければならないのは、祠を厳重に封じることだった。

お此に命を狙われている当人が祠に赴(おもむ)くわけにはいかない。徳五郎は店の奉公人に行かせたが、その際、箱の中を確かめるよう命じていた。その奉公人は、昼過ぎには戻ってきた。

箱の中には確かに髪の毛が入っていた。戸に釘を打って開かないようにし、さらに周りに何重にも板を張り付けて、それこそ髪の毛一本通る隙間すら埋めた、と奉公人は報せた。

徳五郎は安堵の息をついた。これでお此の幽霊の心配はなくなった。

徳五郎は焦っていた。

目を閉じると女が宙に浮いているのだ。これで三晩続いたことになる。腰の下くらいまで見えるようになっている。初日に比べると、かなり大きく感じられた。しかも、より近くなっているから、なおさらである。両国橋よりも手前だ。途中に遮るものがないこともあり、その姿がくっきりと見える。

女の髪は相変わらず風で乱れている。だが近くなったせいか、顔を覆う髪の奥に二つの目が光っているのが分かった。それはまっすぐにこちらを見ていた。

やはり夜が明けてから眠ったせいで、徳五郎が目覚めた時には昼近くになっていた。

赤八が死んでから三日経つ。枕を高くして寝られると思っていたが、碌に眠れていなかった。頭に霞がかかったように感じた。

徳五郎が目覚めたのを知った奉公人が、お此と似たような目に遭わせた女のその後について報せに来た。調べるように命じていたのだ。

何人かの女が死んでいた。しかしそのすべてが病のためであり、お此のように自害した者はいなかった。それに、三十手前で命を落とした者もいなかった。苦労した末に、四十くらいで病に倒れて亡くなった、という者がほとんどだ。酷い目にあっても、案外と人はしぶとく生きるものだ、と徳五郎は思った。

奉公人には調べを続けるよう命じた。さらに、もう一度あの祠の様子を見に行かせた。やがて戻ってきた奉公人は、祠に変わりはないと告げた。

結局、夜に現れる女のことは何も分からなかった。しかしそれでも徳五郎は悲観していなかった。

幸いなことにあの女は朝になると消えるのだ。だからしばらくの間は、夜は起きて昼間寝るという暮らしをしていればいい。もしかしたら、たまたま自分が女の幽霊が進みたい方向の途中にいるだけで、このまま通り過ぎていくということも考えられるではないか。

## 五

太一郎は備前屋を訪れた。

赤八が死んでから四日目の早朝である。

少し離れた場所に立ち、中の気配を探る。お此の霊が入り込んでいるのは、わざわざ近づかなくても分かる。太一郎には赤八の部屋から備前屋へと少しずつ進むお此の姿がずっと見えていたのだ。

今、太一郎が探っているのは徳五郎の気配である。たとえ幽霊に取り憑かれていなくても、多くの者を苦しめてきた人間の気配なら太一郎は分かる。業のようなものがべったりくっついているからである。

——徳五郎はまだ生きているみたいだな。

気配は備前屋の奥の方にある。寝所にいるのかもしれない。多分、昼間寝るように変えたのだろう。お此の姿が見えるのが夜だけなので、そうすればしのげると考えたに違いない。

残念ながら、それはまったくの見当違いである。赤八が死んだ時のことを考えれば分かる。お此の霊は昼間でも出るのだ。

——今回はじわじわいくつもりなんだな。

少しずつ近づいて寝るのを邪魔するなんて見事な嫌がらせだ、と感心しながら太一郎は裏店の木戸口を抜け、備前屋の裏側に回った。

まだ朝の六つだが、さすが備前屋ではすでに奉公人や女中が動き出していた。

最後まで見届けるつもりで足を運んだが、こんな朝っぱらから中に入れてはくれないだろう。さて、どうしたものか、と考えていると、備前屋を囲む板塀（いたべい）に設えられているる小さなくぐり戸が開いた。男が顔を覗かせ、太一郎を手招きする。

見覚えのある男だった。初めて備前屋に入った時に会っている。確か、定平という名だった。伊平次に頼まれて、茂蔵が被るための桶を持ってきた男だ。

定平の顔が引っ込んだので、太一郎は慌てて戸をくぐった。そこは備前屋の庭に通じていた。

「お待ちしておりました」

待ち構えていた定平が小声で太一郎に告げた。

「昼頃まで寝ているから、ということで、旦那様の部屋は人払いがなされています。ですから、女中などが入る心配はありません」

「あの、それはどういう……」

「旦那様の最後を見届けにいらっしゃったのでしょう？」

太一郎は驚いて定平の顔をまじまじと見た。自分と同じように、何か見えてしまう人かと思ったが、そうは感じられなかった。

戸惑っていると、定平は「申しわけありません」と頭を下げた。

「旦那様に命じられて、後をつけておりました。銀杏屋さんが初めてここを訪れた日からずっとです」

「はあ」

気づかなかった。よく考えれば徳五郎はそういうことをしそうな男だと分かるが、そこまで頭が回らなかった。

「備前屋へは四人でいらっしゃいましたが、旦那様は特に銀杏屋さんに絞って後をつけるようにおっしゃいました。ですから、銀杏屋さんの動きはほとんど見ておりました。例えば、かもじ屋で長い黒髪を手に入れ、あの箱に入れてからここへ持ってきたことも」

太一郎は顔をしかめた。

「ああ、ご安心ください。旦那様にはお伝えしておりません。今でも祠の箱の中身は本物だと思っていらっしゃいます」

「……定平さん。あなたは何者ですか」

「ご存じの通り、この備前屋で下働きをしている者でございます。もっとも、その前は下田屋で番頭をしておりましたが」

「ああ……」

徳五郎が語った三十年前の話の中に、そういう男がいたのを思い出した。

「……待ってください。そのことは、徳五郎さんは知っているのですか」

「知らないでしょう。私をここの下働きにしたのは先代の旦那様で、今の旦那様はその頃、親戚の家に身を寄せていましたから。それに備前屋を継いでからも下働きの私のことなど気にも留めていない様子でした。履物問屋である表の仕事をする者と、裏で他の店を潰す仕事をする者がきっちりと分かれていることもありますし」

「しかし今回は、あなたに私の後をつけることを命じた」

「桶を持ってくるよう頼まれましたでしょう。その時に私はみなさまのお顔を拝見しておりますので、ちょうどよいと思ったのではないでしょうか。人手が足りないこともありますし。当然、備前屋でも箱を捜しましたから。ですから私が銀杏屋さんの後をつけたのでございますが、面白いことに……」

太一郎は、言葉を続けようとする定平を手で制した。お此が動き出したのだ。少しすると奥の方の部屋からくぐもった声が聞こえてきた。

「お此さんは、徳五郎に対しては本当にじわじわ行くつもりなんだな」

太一郎はそう呟いてから顔を定平の方へ戻した。

「あなたは下田屋さんの番頭でした。ここで働くようになってから、備前屋という店の裏のことも知ったようだ。それならば……復讐をしようとお考えにはならなかったのですか」

定平は寂しそうな顔で首を振った。

「そのような気概も力も持ち合わせておりません。備前屋で働き始めたことで、今度は今の旦那様と主従になったこともありますから。しかし……三十年間、悩み続けては参りました。もし今回のことがなかったら、どうなっていたか分かりません。ところが、みなさまが現れ、私が銀杏屋さんの後をつけるよう命じられた。あとは……銀杏屋さんと同じでございます」

「なるほど……その気になれば助けられるかもしれないが、あえて何もしないで見過ごす、ということですね」

部屋から聞こえていた声はしばらく続いていたが、気がつくと消えていた。

「終わったようですね」

定平が、声のしていた部屋の障子戸をそっと開けた。

「先代の旦那様と同じです。ただし、今回は髪が残っている。これで終わりということなのでしょう」

太一郎も部屋を覗き込んだ。首に髪の毛が巻き付いたままで、徳五郎が絶命していた。目の玉や舌が飛び出ている。両手は首の辺りにあった。きっと首に食い込んだ髪の毛を必死に取ろうとしたのだろう。

「苦しんだみたいだな」

喉笛を咬み切られた赤八と比べると地味だが、こちらもなかなか嫌な死に方だ。

「そこでお待ちください」

太一郎に断って、定平が部屋に上がった。死体に近づいていく。縁側の下にでも置いてあったのか、いつの間にかその手には箱があった。

定平は、徳五郎の首に巻き付いていた髪の毛を丁寧に解いた。それを箱に入れる。

「どうか銀杏屋さんたちの手で始末をお願いいたします」

「しかし、それだと困るのではありませんか。首に跡があるのに、絞めたものがない」

「先代の旦那様と同じです。ご心配には及びません。うちの店は、今でもあちこちに顔が利くのです。土地の岡っ引きはもちろん、町方のお役人様にまで。ですから銀杏屋さんご自身のことも安心なさってください。旦那様が亡くなった時に、このように庭にいるのですから、本当なら疑われる立場なのでしょうが……」

「なるほど、分かりました。それでは、これは私が」

太一郎は髪の毛の入った箱を受け取った。定平に一礼し、くぐり戸の方へ向かう。しかし途中で止まり、振り返って定平に訊ねた。

「そういえばさっき、何を言いかけたのですか。『面白いことに……』と言ったところで私が止めてしまいましたが」

「ああ、あれでございますか。私は銀杏屋さんの後をつけていたわけですが、ある時、その私の後をつけている者がいることに気づいたのです。いつもいるわけではないのですが、たまに姿を見せる。銀杏屋さんをつける私をつける者。面白いでしょう」

「はあ。それは何者ですか」

「私に桶を持ってくるように言った……」

「ああ、伊平次さんか」

よく考えれば、あの人もそういうことをしそうな男だ。勘のいい人だから、やはり初めから徳五郎を疑っていたのだろう。

太一郎は再び定平に頭を下げ、くぐり戸を抜けた。

## 六

「……ほえぇ、昨日の今日でよくこんな風にできましたねぇ」

茂蔵は感嘆の声を上げた。

例の祠のある場所である。ここは周りこそ木立で囲まれているが、祠の辺りには何もなく、地面も枯草が覆っているだけの、殺風景な寂しい場所だった。ところが今は、庭木や草花でいっぱいなのだ。

太一郎が本物のお此の髪の毛が入った箱を持って皆塵堂に現れたのは、昨日の朝の六つ半を過ぎた頃のことだ。そこで太一郎から備前屋であった話を聞いた清左衛門と伊平次はすぐに店を出ていった。何をしに行ったのかと思っていたが、どうやらこの景色を作るために動いたらしかった。

今はその翌日の夕方である。たった一日で景色を一変させてしまった。

「かつて下田屋の寮があった時、ここは季節の草花で溢れていたという。その時がどうだったのか分からないが、とにかくできるだけのことはしようと思ってね」

清左衛門が「まあ、見てくれ」という風に手を広げた。ちょっと自慢げだが、さすがに文句は言えない。

「ううむ。花が咲いていないのも多いですね」

「すべての季節で咲くようにしたからな。いつでも何かしらの花が見られるようにね。今頃の時季のものでここから目に付くのは……まず菫(すみれ)だな。これはいくつか種類がある。それから水仙(すいせん)、福寿草(ふくじゅそう)、金盞花(きんせんか)、鈴蘭(すずらん)、桜草(さくらそう)、蒲公英(たんぽぽ)、それから、ええとあれは何だ……一人静(ひとりしずか)だったか。あとは……春に咲く菊。名は忘れた。年寄りになると、知っているはずのものも思い出せなくなる。喉元まで来ても口からは出ないんじゃ。とにかくね、鳴海屋の若い衆を江戸中の植木屋に走らせて、集められるだけ集めたんだよ」

「凄いですねぇ。でも……」

祠の周りは少し開けているが、その他は木や草花で埋まっている。やりすぎである。

「藤棚まで作ってあるじゃないですか」

「当然だ」

「でも桜はない」

「うむ。木の場合はむしろ、今の時季のものは植え替えが難しいんだ。桜なんかだと花が付く少し前がいいとか言っていたかな……伊平次の弟が」

「へっ、伊平次さんに弟さんがいらっしゃったんですかい」

「あいつが昔、植木屋だったのは聞いたことがあるだろう。鳴海屋の儂の所にも出入りしていたんだが、ある時、腰を痛めてしまってね。それで植木屋は弟に譲り、あいつは皆塵堂の主になったんだ」

「はあ……」

その伊平次は、太一郎と一緒に祠の前にいた。茂蔵は近づいて、二人に声をかけた。

「何をしてらっしゃるんですかい」

「見れば分かるだろう。文箱を納めているんだ」

お此の髪の毛は、定平が用意していたものから元々入っていた文箱に移し替えられている。

「赤八に殺された常七さんは、多分その地で葬られていると思うが、もし遺品があったら一緒に納めてやりたいものだ」

茂蔵の後ろで見ていた清左衛門が言った。

「もちろん、娘のお葉ちゃんの物も入れないといかんぞ」

「それがいいでしょうねぇ。ただ……」

茂蔵は眉をひそめながら祠を見た。

「これ、徳五郎が作らせたやつでしょう。あまりいい気分じゃないな」

「うむ。儂もそう思って、一から建て替えた。だから別物だよ」

「ご隠居、祠も一日で作ったんですかい」

いや、作らせたというべきか。鳴海屋には付き合いのある大工がたくさんいるだろうが、頼まれた人は大変だっただろう。

「まあ、善は急げだ。早い方がいい。その祠の材木だが、うちにいいのがいくらでもあるのに、心当たりがあるからと言って、太一郎が持ってきたやつなんだよな。まあ悪くない欅材だが」

「へえ。太一郎さん、どこで手に入れたんですかい」

「お前の新しい観音像と一緒だよ」

太一郎が振り返った。こうして草花に囲まれた新しい祠ができたからか、少し嬉しそうだ。

「源六さんの所へ行って、貰って来たんだ」

「ああ、あの亀戸の……ということは、この板、祟りのある御神木なんじゃ……」

「だからこそ、だよ。本来はこういう使い方をされるべきなんだ」

「太一郎さんがそうおっしゃるんだから平気なんでしょうけど……」

茂蔵は祠から少し離れ、改めて木や草花で埋められた周囲を見回した。少し離れた所に躑躅が植わっていたが、その向こうに数人の頭が見え隠れしていた。隙間から着物も見える。大工や植木屋ではなさそうだ。女の人もいる。

「近所の人が見に来ているみたいですね」

これだけの庭園なのだから当然だ、と思いながら茂蔵はみんなに告げた。

「ほう、そうなってくれればいいと思ったから、嬉しい限りじゃな」

清左衛門も祠から離れて、辺りをきょろきょろと見回した。

「……どこにいるんだね？」

「その躑躅の向こうに……あれ？」

いなくなっていた。別の木や花を見に行ったのかな、と思って見回したが、目には入らなかった。

「奥にある花と見間違えたんじゃないのかい」

「おかしいなぁ……」

確かに見たのだ。親子連れだった。両親に挟まれて、真ん中に可愛らしい五つくらいの女の子がいた。

「どこに行ったのかな」

なおもきょろきょろと見回していると、祠を離れた太一郎が茂蔵の横を通り過ぎた。

「もし誰かいたんだったら、邪魔しちゃ悪いだろう。俺たちの役目は終わったんだから、さっさと帰ろう」

「はあ……」

清左衛門も太一郎と一緒に歩き始めた。振り返ると、祠の戸を閉めた伊平次がこちらへと歩いてくるところだった。

「ここの植木は俺の弟に任せてある。数年かけて作っていくと思うから、お前もたまに見に来るといい。大黒屋からだと少し遠いけれどな」

「ああ、そうだ。これで大黒屋へ帰れるんだ」

思っていたより長くなってしまった皆塵堂への逗留も今日で終わりだ。

「お世話になりました」

茂蔵は伊平次に頭を下げてから、太一郎たちの方を振り返った。

先に行ったと思っていたが、すぐそこで立ち止まっている。前の方を見ている感じだったので、茂蔵もそちらへ目を移した。

「み……みみ……みみみ」

大男がこちらに向かって走ってくるところだった。とても人間には見えない。熊か、あるいは鬼か……いや、あれは……。

「巳之助さんっ」

「生まれた、生まれたぞぉ」

大きいだけに一歩が広い。巳之助はあっという間に太一郎と清左衛門の前に達した。

「おお、やっとか。何匹だい」

茂蔵の横を追い越しながら、伊平次が訊ねた。

「木立、日和、白助でそれぞれ四、四、三の、全部で十一匹ですぜ」

「おお、そうすると名前は猫……」

「猫二十郎から、猫三十郎までだ」

「よし、儂らもさっそく見に行くとしよう」

巳之助、伊平次、清左衛門の三人が歩き出した。

しかし一人だけその場に留まり、がっくりと膝をついた者がいた。言うまでもなく、太一郎である。

「じ、じ、じ……」

その時、楽しそうな親子の笑い声が背後で聞こえた気がした。

茂蔵は振り返り、耳を澄ました。

「地獄の宴がぁ」

太一郎の嘆き声が耳に入っただけだった。

## 主な参考文献

『近世風俗志（守貞謾稿）（一）～（五）』　喜田川守貞著　宇佐美英機校訂／岩波文庫
『江戸の暮らし図鑑――道具で見る江戸時代』　高橋幹夫著／芙蓉書房出版
『江戸萬物事典――絵で知る江戸時代』　高橋幹夫著／芙蓉書房出版
『江戸川柳で読み解くたばこ』　清博美・谷田有史著／山愛書院
『江戸の植物図譜～花から知る江戸時代人の四季～』　細川博昭著／秀和システム
『嘉永・慶応　江戸切絵図』　人文社

# あとがき

本書は、深川の亀久橋の近くにひっそりと佇む皆塵堂という古道具屋を舞台に、曰くのある品物を巡って騒動が巻き起こる「古道具屋　皆塵堂」シリーズの第九作であります……が、今回は皆塵堂の中で怪異が起こるわけではございません。

とある祠に封印されていた女の髪を外に出してしまったために次々と湧き起こる事件と、それを止めるために髪の行方を追っていく皆塵堂関係者の面々、という内容になっています。何卒よろしくお願い申し上げます。

ところで読者の皆様は、「言い間違えていることに気づかずに、そのまま喋り続けてしまった」という経験はありますでしょうか。

輪渡はあります。つい先日、ポメラニアンという言葉を思い切り言い間違えました。

はい、犬のポメラニアンです。女性アイドルグループに交ざっていそうな風貌をした、あの小型犬です。

輪渡の頭にはちゃんとポメラニアンの姿が浮かんでいますし、それを正しい言葉で伝えているつもりでいるのです。ところが、どういうわけかその時に輪渡の口から出てきたのは、クロマニヨンという言葉でございまして。

「いやぁ、さっきそこでクロマニヨンを見かけたんですけどね。なんか、毛がふさふさしてて可愛(かわい)いですよね、クロマニヨン」

……といった感じで嬉々(きき)として喋ってしまいました。

もしその前に犬や猫の話をしていたのであれば、相手もすぐにピンと来たことでしょう。しかし唐突に始めたものだから、相手の方は「はあ？」と戸惑った顔をされていました。

一方の輪渡は間違っている自覚がありませんから、「あれ、この人もしかして犬が苦手だったのかな」と狼狽(うろた)えてしまいまして。で、なんとなく気まずい雰囲気のまま、別の話題に流れていきました。

結局、輪渡がその言い間違いに気づいたのは帰途についてからでした。

ですがもう後の祭りです。相手が友人知人であったならすぐに訂正の連絡をするのですが、たまたま少し話す機会があっただけの人だったので、どうしようもありません。今後その人の心の中では、輪渡は「謎のクロマニヨン推しおじさん」として生きていくのだろう、と思うとちょっと嫌な気もいたしますが、そこは「ドンマイ俺」ということで、忘れることにした次第であります。

そんな言葉の間違いをしている輪渡でございますが、それでもこうして小説書きの仕事を続けていられるのは、読者の皆々様のお蔭です。ありがとうございます。読者あっての小説家です。最大限の感謝を申し上げます。

さて、そんな読者の皆様、特にこの皆塵堂シリーズをずっと読んでくださっている熱心な読者の皆様にお伝えしたいことがございます。

シリーズも九冊目を迎えてですね……あまりにも猫が増えすぎました。猫太郎、猫次郎などと適当に名付けられたものまで含めると、前作までに三十四くらい出ています。その上さらに今作でも、猫好きの魚屋が住む長屋で新たに十一匹の子猫が生まれたことが言及されています。いくらなんでもこれは多くなりすぎだろう、とさすがに輪渡も思うわけです。

このシリーズは七作目の『夢の猫』でいったん終了した後、前作の『呪い禍』から何食わぬ顔でしれっと再開したのですが、このままだと「作中における猫の多頭飼育崩壊が原因で二度目のシリーズ終了」という間抜けな事態になりかねません。

したがいまして、今後は新たな猫の誕生は少し控えめにして、既存の猫たちだけの登場で頑張っていこうかな、と考えているところであります。

ですが、それはあくまでも先の話です。何はともあれ、まずはこの「古道具屋　皆塵堂」シリーズ九作目『髪追い』を、どうぞよろしくお願いいたします。

本書は書き下ろしです。

|著者|輪渡颯介　1972年、東京都生まれ。明治大学卒業。2008年に『掘割で笑う女 浪人左門あやかし指南』で第38回メフィスト賞を受賞し、デビュー。怪談と絡めた時代ミステリーを独特のユーモアを交えて描く。「古道具屋 皆塵堂」シリーズ（本シリーズ）に続いて「溝猫長屋 祠之怪」シリーズも人気に。他の著書に『ばけたま長屋』『悪霊じいちゃん風雲録』などがある。


髪追い（かみおい）　古道具屋（ふるどうぐや）　皆塵堂（かいじんどう）

輪渡颯介（わたりそうすけ）

講談社文庫

定価はカバーに表示してあります

2022年4月15日第1刷発行

発行者——鈴木章一

発行所——株式会社　講談社

東京都文京区音羽2-12-21　〒112-8001

電話　出版（03）5395-3510
販売（03）5395-5817
業務（03）5395-3615

Printed in Japan


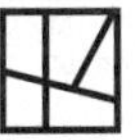


KODANSHA

デザイン—菊地信義

本文データ制作—講談社デジタル製作

印刷———株式会社KPSプロダクツ

製本———株式会社国宝社





ISBN978-4-06-527651-8

# 講談社文庫刊行の辞

二十一世紀の到来を目睫に望みながら、われわれはいま、人類史上かつて例を見ない巨大な転換期をむかえようとしている。

世界も、日本も、激動の予兆に対する期待とおののきを内に蔵して、未知の時代に歩み入ろうとしている。このときにあたり、創業の人野間清治の「ナショナル・エデュケイター」への志を現代に甦らせようと意図して、われわれはここに古今の文芸作品はいうまでもなく、ひろく人文・社会・自然の諸科学から東西の名著を網羅する、新しい綜合文庫の発刊を決意した。

激動の転換期はまた断絶の時代である。われわれは戦後二十五年間の出版文化のありかたへの深い反省をこめて、この断絶の時代にあえて人間的な持続を求めようとする。いたずらに浮薄な商業主義のあだ花を追い求めることなく、長期にわたって良書に生命をあたえようとつとめるところにしか、今後の出版文化の真の繁栄はあり得ないと信じるからである。

同時にわれわれはこの綜合文庫の刊行を通じて、人文・社会・自然の諸科学が、結局人間の学にほかならないことを立証しようと願っている。かつて知識とは、「汝自身を知る」ことにつきていた。現代社会の瑣末な情報の氾濫のなかから、力強い知識の源泉を掘り起し、技術文明のただなかに、生きた人間の姿を復活させること。それこそわれわれの切なる希求である。

われわれは権威に盲従せず、俗流に媚びることなく、渾然一体となって日本の「草の根」をかたちづくる若く新しい世代の人々に、心をこめてこの新しい綜合文庫をおくり届けたい。それは知識の泉であるとともに感受性のふるさとであり、もっとも有機的に組織され、社会に開かれた万人のための大学をめざしている。大方の支援と協力を衷心より切望してやまない。

一九七一年七月

野間省一

講談社文芸文庫 

大澤真幸
## 〈自由〉の条件
個人の自由な領域が拡大しているはずの現代社会で、閉塞感が高まるのはなぜか？他者の存在こそ〈自由〉の本来的な構成要因と説くことにより希望は見出される。

978-4-06-513750-5 おZ1

大澤真幸
## 〈世界史〉の哲学 1 古代篇
解説=山本貴光

資本主義の根源を問う著者の破天荒な試みがついに文庫化開始！本巻では〈世界史〉におけるミステリー中のミステリー＝キリストの殺害が中心的な主題となる。

978-4-06-527683-9 おZ2

## 講談社文庫　目録

横関　大　大炎上チャンピオン
横関　大　ピエロがいる街
横関　大　仮面の君に告ぐ
吉川永青　裏　関　ヶ　原
吉川永青　化　け　札
吉川永青　治　部　の　礎
吉川永青　老　侍
吉川永青　雷　雲　の　龍〈会津に吼える〉
吉村龍一　光　る　牙
吉川トリコ　ぶらりぶらこの恋
吉川トリコ　ミ　ド　リ　の　ミ
吉川英梨　波　動〈新東京水上警察〉
吉川英梨　烈　渦〈新東京水上警察〉
吉川英梨　朽　海　の　城〈新東京水上警察〉
吉川英梨　海底の道化師〈新東京水上警察〉
吉川英梨　月　下　蝋　人〈新東京水上警察〉
隆　慶一郎　花と火の帝(上)(下)
隆　慶一郎　時代小説の愉しみ
リレーミステリー　宮　辻　薬　東　宮

令丈ヒロ子 原作文　吉田玲子 脚本　小説　若おかみは小学生！〈劇場版〉
渡辺淳一　失　楽　園(上)(下)
渡辺淳一　男　と　女
渡辺淳一　泪　壺
渡辺淳一　秘すれば花
渡辺淳一　化　粧(上)(下)
渡辺淳一　あじさい日記(上)(下)
渡辺淳一　熟　年　革　命
渡辺淳一　幸　せ　上　手
渡辺淳一　新装版 雲の階段(上)(下)
渡辺淳一　麻　酔〈渡辺淳一セレクション〉
渡辺淳一　阿寒に果つ〈渡辺淳一セレクション〉
渡辺淳一　何　処　へ〈渡辺淳一セレクション〉
渡辺淳一　光　と　影〈渡辺淳一セレクション〉
渡辺淳一　花　埋　み〈渡辺淳一セレクション〉
渡辺淳一　氷　紋〈渡辺淳一セレクション〉
渡辺淳一　長崎ロシア遊女館〈渡辺淳一セレクション〉
渡辺淳一　遠　き　落　日(上)(下)〈渡辺淳一セレクション〉
輪渡颯介　古道具屋　皆塵堂

輪渡颯介　猫除け　古道具屋　皆塵堂
輪渡颯介　蔵盗み　古道具屋　皆塵堂
輪渡颯介　迎え猫　古道具屋　皆塵堂
輪渡颯介　祟り婿　古道具屋　皆塵堂
輪渡颯介　影憑き　古道具屋　皆塵堂
輪渡颯介　夢の猫　古道具屋　皆塵堂
輪渡颯介　呪い禍　古道具屋　皆塵堂
輪渡颯介　溝猫長屋　祠之怪
輪渡颯介　優しき悪霊〈溝猫長屋　祠之怪〉
輪渡颯介　欺きの童霊〈溝猫長屋　祠之怪〉
輪渡颯介　物の怪斬り〈溝猫長屋　祠之怪〉
輪渡颯介　別れの霊祠〈溝猫長屋　祠之怪〉
綿矢りさ　ウォーク・イン・クローゼット
和久井清水　水際のメメント〈きたまち建築事務所のリフォームカルテ〉
若菜晃子　東京甘味食堂

2022年3月15日現在